아무튼, 연필

아무튼, 연필

김지승

제철소

펜슬(Pencil), 연필의 어원은 페니스(Penis)다.
나는 매일 연필을 깎는다.

Pencil Grades

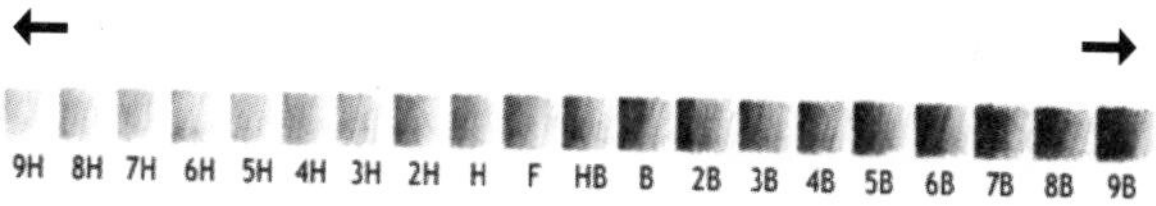

←　→

9H 8H 7H 6H 5H 4H 3H 2H H F HB B 2B 3B 4B 5B 6B 7B 8B 9B

Hard(고경도 딱딱함)	Soft(저경도 부드러움)
Pale(연함)	Black(진함)
흑연↓ : 점토↑	흑연↑ : 점토↓
연필심 지름↓	연필심 지름↑

F～2B: 필기용

4H～H: 설계용

B～4B: 미술용

7B～8B: 연구용

9H～6H: 살인용(존 윅 시리즈 참고)

차례

2부 연필들

프롤로그

— 기록과 흔적

연필의 초기 역사는 힘을 들이지 않고 그은 4H 연필 선 정도의 흔적만 남아 있다. 연필 같은 초기 발명품들을 만든 장인들이 대부분 무학자여서 기록을 남기지 못했다고도 하고, 밑그림이나 초안 아이디어 등은 과정 속에서 필연적으로 사라지는 것들이라 그 과정에서 사용한 연필도 더불어 중요하지 않게 취급되었기 때문이라고도 한다. 어떤 이유든 연필에 관한 기록은 아예 기록되지 않았거나 쉽게 지워져왔다는 걸 알 수 있다. 약자와 소수자들의 역사처럼.

연필이라는 명칭과 그 실체가 우리가 익히 아는 현대의 그것과 가까워지는 건 대략 17세기 말, 그도 영국을 비롯한 유럽 대륙에 한에서였다. 유럽에서 발명하고 미국에서 완성했다는 연필을 미국에서 자체 생산하기 시작한 건 19세기 초반에 이르러서다. 1840년쯤 미국에서 최초로 흑연 심 연필을 만든 사람은 한 여학생이었다는 기록이 남아 있다. 여학생은 영국 보로데일(Borrowdale) 흑연 조각을 고운 가루로 만든 다음 아라비아고무, 아교 용액에 섞어 굳혔다. 뜨개질바늘을 이용해 딱총나무 가지 속을 비우고 굳은 흑연을 끼워 쓰는 과정은 기록 속에 구체적으로 남아 있는데 안타깝게도 우리는 그 여학생의 이름을 전해들을 수는 없다.

비슷한 기록이 또 있다. 미국 최초 연필 대량생산 기업으로 알려진 조셉 딕슨 용광로 회사의 한 기술자가 미국 최초의 연필 공장을 한 여학생이 설립했다고 밝혔다. 이후 그 여학생이 동업하여 공장을 세우고 연필을 생산했다는 한 남자와 그 기술자의 이름은 남아 있지만 여기에서도 우리는 그 여학생의 이름은 알 수 없다. 그는 그저 소녀 혹은 여학생으로 호명될 뿐 얼굴도 목소리도 없다.

영국에서도 유사한 증언이 나온다. 영국 연필에 관한 자부심으로 가득 찬 글에서 한 영국 사학자는 미국의 경우 어린 소녀 발명가의 성취로 처음 연필 공급이 가능해졌다고 진술한다. 이 사학자의 자료에서도 소녀의 이름은 찾아볼 수 없다. 남은 건 남성 기록자, 기술자, 동업자, 사학자들의 이름이다. 미국 최초로 흑연 심 연필을 제조했을지 모를, 첫 연필 공장을 세웠을지 모를, 지금 내가 쓰고 있는 미국산 딕슨 연필에 정당한 지분이 있을지 모를 그 여학생의 이름은 무엇이었을까.

이런 여성들, 청첩장이나 묘비에도 이름을 쓸 수 없는 존재들, 공식적인 기록과 역사에서 지금도 매일 지워지는 그들의 흔적을 발견할 때마다 나는 서둘러 연필을 쥐었다. 그러고 나면 여성은 가족 외의 사람들에게 이름을 밝혀서는 안 된다는 차별에 맞서 2017년부터 '내 이름은 어디에?(Where is my name?)' 운동을 벌이고 있는 아프간 여성들과, 오래전 남성 작가 필명으로 글을 써온 여성 작가들의 진짜 이름을 찾아주려는 오늘날의 여성 작가들과, 지금껏 '나는'의 자리를 비워놓고 글을 썼던 나와, 미국 최초의 연필 생산자인 이름 없는 여학생이 4H보다는 진하게 연결되곤 했다.

연필의 초기 역사가 흐릿해서 여러 버전의 우화로 전해지고 있다면, 처음 흑연을 발견한 보로데일의 주인공이 꼭 소년이어야 할 이유는 없다. 오빠나 남동생은 학교에 가고 혼자 집안일을 돕던 어느 날, 뭔가 잘못되었다는 성난 마음이 가득했던 그런 날, 한 소녀가 언덕을 올랐다. 커다란 나무 그늘 아래 앉아 왜 자신은 학교에 보내주지 않는지, 알파벳을 가르쳐주지 않는지 생각하던 소녀는 지난밤 번개에 맞아 움푹 팬 땅속에서 검고 깊고 빛나는 무언가를 발견했다.

그것은 햇빛을 받아 검은 다이아몬드처럼 반짝거렸다. 소녀는 흥분을 감추지 못했다. 잔뜩 눌려 있던 소녀의 열망이 마침내 정연하게 모습을 드러낸 것 같았다. 소녀는 두 손으로 자기처럼 이름이 없는 그것을 조심스럽게 뜯어냈다. 잠시 동안의 관찰만으로 그것이 잘 부서지고 묻고 흔적을 남긴다는 걸 알았다. 소녀는 커다란 나뭇잎에 알파벳 대신 자신만이 알아볼 수 있는 기호를 그렸다. 신생대 지층에서부터 도사리고 있던 검은 열망의 표식. 그날 역사는 소녀의 기호로 분명 기록되었다. 누구도 해독할 수 없었을 뿐이다. 그렇게 미처 해독되지 못한, 그래서 기록이 되지 못한 이야기 혹은 존재의 흔적이 연필과 함께 내게 전해졌다.

19세기부터 앞치마와 머릿수건을 두르고 일렬로 앉아 연필 한 자루 한 자루마다 각인 작업을 했을 여성 노동자들의 손이나, 짝사랑 상대에게 빌린 연필을 한 번 깎아 돌려주면서 남은 연필밥과 흑연 가루를 소중하게 간직하는 이의 욕망, 또 규칙과 금기의 부당함을 향한 억울함이 연필 한 자루를 도둑질하는 충동으로 이어진 어린아이의 다친 마음 등이 연필에 섞이고 중첩되어서, 어떤 때 내가 쥔 연필은 세상 가장 약한 이들의 오랜 생존 감각을 전달하는 유전체 같았다. 결국 우리는 이 세계 안에서 아주 희미한 흔적만을 남긴 채 사라질 테지만, 흔적 위의 흔적, 그 위의 또 다른 흔적들이 역사 밖에서 우리를 진하게 연결했듯이 앞으로도 완전히 지워지지는 않을 거라는 생존의 감각. 그 감각에 의지해 이 글을 썼다.

대부분의 시간에는 자기 삶을 지키는 전사들이지만 나와는 실없고 순한 친구들과, 어떤 슬픔을 견디기 위해 우주를 상상하는 법을 아는 메두사들과, 내 분열의 집인 엄마가, 글을 쓰는 동안 곁에 있었다. 나는 주로 세상에 없는 이들만을 사랑해왔는데, 글을 쓰는 동안에는 그만 수많은 예외가 생겼다. 이 글이 또한 그런 예외적 사랑의 흔적으로 남는다면 더 바랄 게 없겠다.

쓰는 이의 상상력은 자기 글을 읽어줄 독자들의 범위까지 발휘되는 건지도 모른다. 내가 상상한 당신이 이 글을 만나기를, 침묵을 언어로 바꿔온 모든 도구를 떠올리며 기원한다. 인류 최초의 필기구는 우리의 두 번째 손가락, 검지였다.(앞으로 내밀어 본다.)

1부 연필

덕택에 나는 종이 몇 장, 연필 한 자루, 지우개 한 개, 그리고 커다란 노트를 한 권 사서 나의 첫 번째 거짓말을 적기 시작했다.

- 아고타 크리스토프, 『존재의 세 가지 거짓말』
(용경식 옮김, 까치)

연필의 지리학

내 첫 번째 연필을 이야기하려면 하얀 작약이 별안간 환했던 남쪽의 한 사제관으로 돌아가야 한다. 지붕에 십자가를 올린 지 얼마 안 된 시골 성당에서 어린이 미사 반주를 맡은 아홉 살 나와 성당에 첫 부임한 테오 신부님이 거기 있다. 지금은 사라진 '동산리'라는 행정 지명 안에 지어진 성당 본당 건물은 단출하고 지붕부터 문까지 소박하게 동글동글했다. 실제 모양도 그랬고 느낌도 그랬다. 일곱 살에 아버지 직장을 따라 서쪽으로 이사 온 나는 아홉 살이 되고 나서도 자주 내가 어디에서 왔는지 이곳에 얼마나 살았는지 또 언제까지 머물 건지 질문을 받곤 했다.

"경상도 애들은 생긴 것도 다르네."

어른들은 나를 두고 무신경하게 말했다. 들으라고 하는 말은 아닌 것 같았는데 '들어도 별수 없고'인 말이긴 했다. 그때마다 보이지 않는 손가락 하나가 내 이마를 천천히 힘주어 미는 듯했다. 마음이 그리 간단치 않은 것처럼 딛고 선 땅의 이야기도 어린 아이에게는 그랬다. 차를 타고 네 시간, 고작 그 시간 동안 달라진 땅과 사람과 말의 상황 때문에 내가 어디 있는지 혹은 어디에 날 놔둬야 하는지 자주 헷갈렸다. 그래서 생긴 버릇이었다. 종이 지도를 책상 옆에 붙여놓고 지도상의 두 도시를 이어보고 지웠다가 다시 잇는 것. 길지 않은 선을 뼈대로 떠난 곳과 도착한 곳 사이를 3차원으로 상상하다 보면, 거기 어디 내가 있을 거라는 안정감보다 지도 밖으로 퇴장하고 싶은 마음이 더 커지고는 했다.

그때마다 목 뒷덜미가 가려웠다. 날개를 주시든, 지하의 노래를 배우게 하소서. 어디에서 왔는지 모를 불안이 임계점을 넘었을 때 지금도 툭 튀어나오는 짧은 기도문의 기원도 그 시절에서 찾을 수 있다. 모계로부터 대물림된 신앙에 나는 거부감이 별로 없었다. 할머니 눈치 보느라 성당에 편히 가지 못했다는 엄마의 신혼 시절 사연을 듣고는 더 그랬다. 부계의 종교 탄압에 함께 맞서는 모녀. 엄마는 나를 데리고 교리 공부 모임에 참석하고, 나는 엄마가 공부하는 동안 성당 공터에서 혼자 놀았다. 쟤는 사투리는 안 쓰더만 말씨가 이상하긴 하드라. 그날도 엄마를 기다리다가 본당 앞에서 내가 들어도 별수 없는 말을 듣고 나는 못 들은 척 몸을 돌렸다. 검은 사제복이 내 코에 닿을락 말락 서 있었다.

"네가 실비아구나? 어린이 미사 반주한다는?"

테오 신부님이었다. 내 이마를 꾹 밀던 사람들이 신부님에게 인사를 했다. 신부님과 그들 사이에 끼어 있자니 마음에 서러움이 가속도로 모였다. 눈물이 갑자기 후드득 떨어졌다. 아홉 살짜리 여자애를, 매일 지도를 보며 현실에서도 경상도와 전라도를 이어보려고 끙끙거리다가 잠드는 애를 달랠 방법이 갓 부임한 젊은 신부님에게 있었을 리 없다.

"신부님한테 맛있는 초코과자가 있는데…."

나를 뭐로 보고! 초코과자 정도로 달랠 수 있을 거라고 보였다니… 생각은 그랬는데 나는 "무슨 초코과자인데요?" 묻고 있었다. 신부님을 따라 사제관에 처음 발을 들였다. 한 노인이 우유와 초코과자를 내왔다. 나는 신부님이 내미는 과자를 손에 들고 천천히 사제관 거실을 둘러봤다. 구석의 낮고 작은 책상과 의자, 책상 위 성모상과 묵주, 커다랗고 하얀 머그, 거기에 꽂힌 연필 등의 필기구 중에서 아홉 살 여자아이의 흥미를 끌 물건은 묵주와 머그에 꽂힌 필기구 정도였다. 테오 신부님은 다른 사람들처럼 내가 어디에서 왔는지 묻지 않았고 대신 뭘 좋아하냐고 물었다. 뭘 싫어하냐고 물었다면 할 말이 많았을 것이다. 나는 대답하지 못했다. 그사이 노인이 내 빈 우유 잔을 채워주러 나왔다가 옆에 앉았다. 그리고 내 머리를 쓰다듬으면서 말했다.

"앞으로 사제관에 여자애는 데려오지 마세요. 혼자는 더 안 돼요. 신자들이 얼마나 말이 많은지 아세요?”

빨간 물감을 확 끼얹은 것처럼 신부님 얼굴이 순식간에 달아올랐다. 노인은 호들갑 없이 차분하고 엄했다. 신부님에게 어떻게 그럴 수 있지? 달라진 기류를 감지한 내게 노인은 너 혼내는 거 아니야 하듯 웃어주었다. 신부님도 사제관을 나가기 전에 나를 보고 어색하게 웃었다. 신부님 등 뒤로 문이 닫히는 걸 보면서 노인은 작게 한숨을 쉬었다. 나는 ‘어서 오세요. 여기부터 전라북도입니다’라는 푯말을 봤을 때처럼 배꼽이 당기면서 무언가 잘못되었다는 불안감에 사로잡혔다. 내가 여기 있는 게 문제인 걸까, 여자애인 게 문제인 걸까. 노인의 연이은 한숨에 생각이 안절부절못하자 그만 또 눈물이 터졌다. 이번엔 초코과자 정도로는 어림없었다. 노인이 내게 쥐여준 건 연필이었다.

오… 셀… 로?

짝꿍의 큰언니는 중학교 3학년이었다. 내가 가져간 초록색 줄무늬 연필에 찍힌 각인을 그 언니가 읽어줬다. 스타빌로(Stabilo)가 회사 이름인 것 같고, 오셀로(Othello)가 연필 이름, HB는 연필의 진하기 같다고 언니는 안경을 올리며 선생님처럼 말했다. 아, 독일제야. 여기, 쓰여 있는 게 독일이란 뜻이야. 연필에도 이름이 있다는 게 그때는 이상했고 좋았다. 『오셀로』가 셰익스피어 4대 비극 중 하나라는 것도 그 언니가 알려줬다. 언니가 하는 말을 다 알아듣지 못했지만 비극이란 단어에 나는 약간 흥분했다. 아홉 살 소녀와 비극이란 단어는 냉장고와 수집용 자석 같은 관계랄 수 있었다. 설사 그 의미를 잘 모르더라도 몰라서 더 끌리는 두 음절의 단어 중 '비극'만 한 게 있었을까. 큰언니는 손수건으로 연필을 정성 들여 닦아 내게 돌려주면서 말했다. 너한테 어울리네.

사제관의 노인은 신부님이 신부님이 되기 전 유럽을 다녀오며 사 온 연필일 거라고 했다. 내가 그걸 갖고 싶다고 했는지 아닌지 기억이 잘 나지 않는다. 오래된 연필이고 한국에서는 살 수 없다고 노인이 말했을 때 내 마음이 움직였을 것이다. 한국에서 살 수 없다. 그럼 동산리에서 이걸 가진 건 나뿐이다. 내가 이 연필을 가진 유일한 사람이 된다. 나는 두 손으로 연필을 받았다. 그때 엄마가 나를 부르는 소리가 멀리서 들렸다. 노인이 말했다.

"대신 혼자 사제관에 왔었다는 거 아무한테도 말하지 않는 거다?"

"우리 엄마한테도요?"

"그래. 엄마한테도."

나는 고개를 크게 끄덕이는 것으로 약속을 하고 사제관에서 나왔다. 사제관 마당을 가로지르는데 하얀 작약이 별안간 환했다. 최대한 빨리 사제관에서 멀어져야 한다는 생각에 한 손에 연필을 바통처럼 쥐고 달렸다. 배꼽이 땡땡하게 당기는 기분이었다. 지금도 뭔가 잘못한 것 같으면 그렇다.

어제까지의 달콤한 잠은
두 번 다시 그대들의 것이 되지 못하리.

오셀로 연필을 갖게 된 나는 『오셀로』의 한 구절처럼 며칠 잠을 이루지 못했다. 큰언니는 짝꿍을 통해 한 번 더 오셀로 연필이 원래 내 것이었던 것처럼 잘 어울린다는 말을 전했다. 왜, 그런 언니들 꼭 있지 않나. 뭔가 다 알고 있는 것처럼 적시 적소에 등 한번 툭 밀어주는. 요즘도 그런 언니 같은 존재들을 만난다. 다만 그때는 간이 작았던 내가 문제였다. 큰언니를 만나고 온 이후로 그 연필은 내 책상 서랍을 떠난 적이 없었다. 신부님은 이전과 마찬가지로 미사가 끝나면 애들에게 간식을 나눠주며 장난을 쳤다. 내 반주를 칭찬하는 것도 잊지 않았다. 내가 실수를 많이 한 날에도 그랬다. 나는 연필을 돌려달라고 할까 봐 조마조마하면서도 신부님이 연필에 대해 말하지 않아서 잠이 안 왔다.

그날 엄마와 본당 앞 공터에서 만나 손을 잡고 집에 오면서 내가 물었다.

"엄마, 엄마는 사제관 가봤어?"

"응. 가봤지. 신부님 어머니가 같이 지내신다고 해서 인사도 하고."

"그 할머니가 신부님 엄마야? 진짜?"

신부님이 늦둥이 막내더라고, 신부 안 시키려고 그 어머니가 용하다는 절로 100일 기도를 그렇게 다녔다더라고, 엄마는 내가 별로 궁금해하지 않는 말까지 한숨 섞어 했다. 자식이 마음대로 되나, 어쩔 수 없는 운명이지, 할 때는 내 얼굴을 빤히 보기도 했다. 10년쯤 후 잠시 절에 머물던 자기 딸이 주지 스님에게 출가를 권유받았다는 말을 듣자마자 차를 몰고 와 그 즉시 짐을 싸게 했던 엄마가 그때는 남의 아들 일이라고 그랬다. 나는 신부님의 엄마도 우리 엄마도 조금씩 다 이상하다고 생각했다.

몇 년 후 우리는 떠나왔던 곳으로 다시 이사했다. 남쪽 도시를 떠나기 전까지 오셀로 연필은 서랍

속 어둠에 갇혀 있었다. 사제관에서 한 약속과 신부님에게 해야 했지만 하지 못한 말들도. 내가 가지고 있다고 해서 온전히 내 것은 아니라는 사실만 자주 서랍 밖으로 튀어나왔다. 이사하기 전 주일에 성당 친구들과 수녀님, 신부님에게 인사하면서 나는 엄마 손에 이끌려 사제관에 들렀다. 신부님 어머니가 직접 구운 카스텔라와 수녀님이 내미는 장미목 묵주를 받아 들고 꾸벅 인사하는데 신부님이 말했다.

"실비아 글 쓰는 거 좋아한다면서?"

나는 역시 대답하지 못했다. 사제관 문을 나서는데 신부님 어머니가 내 머리를 쓰다듬었던 것 같다. 어른들이 문가에 서서 한참 아쉬움을 나누는 동안 나는 등을 돌린 채 빨갛고 동그란 작약을 기억에 담았다. 영국 전설에 의하면 잘못을 저지르고 작약 그늘에 숨은 요정 때문에 빨갛게 물든 꽃. 그 요정은 뭘 잘못했던 걸까. 여기서부터 경상북도입니다. 내 지도가 또 움직이던 순간, 표지판을 지나면서 '비극'과 '언어'와 '오셀로'와 '잘못' 같은 말들이 한꺼번에 떠올라 위가 울렁거렸다. 새집에 도착하고도 한참 동안 멀미는 가라앉지 않았다.

얼마간 따돌림이 이어졌다. 내가 전라도에서 전

학 왔다는 게, 내가 경상도에서 태어나 7년을 살다가 그곳으로 이사했다는 사실을 덮었다. 사촌기 애들과의 적응이 쉽지 않을 거라고 예상은 했지만 매일매일 적잖게 충격을 받았다. 당시의 따돌림은 지금보다 순한 편이긴 했다. 그렇다고 폭력적이지 않았다는 의미는 아니었다. 나는 여기저기 다쳤다. 지금도 여전히 방어기제가 강하고, 관계의 폭력성에 예민하며, 타인의 관심에서 비켜서 있고 싶어 한다. 누구나 어느 정도는 그렇겠지만 누구에게는 그 정도가 평생 아슬아슬하다.

어떤 기억은 하루도 예외 없이 달처럼 밤마다 머리 위로 떠올랐다. 한없이 고요할 것 같은 달 표면에서도 긴 시간에 걸쳐 낙석이 일어난다는 사실이 그럴 때는 위안이 됐다. 낙석의 흔적을 지도화한 '낙석지도'를 보고부터는 기억은 달이 아니라 낙석지도처럼 펼쳐진다. 달이 가진 상처의 지리(地理)를 그 지도에서 읽을 수 있다. 달의 낙석지도는 말해준다. 낙석은 달 지진이 원인이라기보다 80%가 소행성 충돌에 의한 결과라고. 달 중심 언어를 사람 중심으로 바꾸면, 그건 대부분 네 탓이 아니라고.

오, 주인님, 질투를 조심하세요.

질투는 사람의 마음을 농락해 먹이로 삼는 녹색 눈의 괴물이에요.

녹색 눈의 괴물, 사춘기는 그런 게 아닐까 사춘기에 생각했다. 나는 한 번도 쓴 적 없던 오셀로를 꺼내 서쪽의 친구들에게 편지를 쓰면서 나대로 이 시기를 따돌려보려고 애썼다. 『오셀로』의 이 장면을 오셀로 연필로 베껴 쓴 다음 녹색 눈의 괴물, 'Green-Eyed Monster'가 질투를 의미하는 관용 표현이 된 걸 아냐고 덧붙였다. 오셀로 연필이 녹색 줄무늬인 것도 아마 그래서일 거라고. 녹색 눈의 질투가 나를 감시하고, 나는 불행하다고. 편지지만큼 자주 종이 지도를 펼쳐서 비극과 사춘기와 괴물과 질투를 아무렇게나 부려놓고 이전보다 더 연결되지 않는 지도상의 선들이 뿌옇게 변하는 걸 지켜봤다.

오셀로는 고장 난 나침반처럼 서쪽을 향해 움직였다. 연필이 짧아질수록 그곳과 이곳의 거리는 서서히 벌어졌다. 친구들에게서 오는 손편지들이 쌓이고, 나는 내가 선 곳과 연결된 사람들과 말들을 그들에게 조금씩 더 잘 설명하게 되었다. 그 변화가 나를 안심시킨 반면 서쪽 친구들의 편지에는 말줄임표가 점점 많아졌다. 그럼 너도 거기 사투리를 배우는 거구나…. 늘 쓰는 건 아니라고 답장을 쓰면서 나는 그들과 나 사이에 모종의 경계가 생기기 시작했다는 걸 느꼈다. 나는 여기 그들은 거기 있었다. 물론 그때 우리는 설명하지 못했다. 왜 멀어졌는지, 왜 또 밀려났는지. 지도상의 내 위치와 그 위치에서 닿는 세계와의 관계가 형성하는 게 나의 '지리(地理)'라면, 땅과 마음이 만나 지리가 된다고 할 수도 있을 것이다. 땅도 마음도 나와는 무관하게 오래 복잡했던 까닭에 지리 또한 다분히 그럴 수밖에 없다는 걸 나는, 우리는 몰랐다.

사춘기가 그렇게 지나가고 있었다. 오셀로는 몽당연필 자격으로 모나미 볼펜깍지에 들어갔다가 엄지 한 마디 길이로 남았다. 새 연필을 사고 싶었다. 내가 영영 환영받지도 환송받지도 못했던 경상도의 한 도시는 국산 연필 전성기에 생산의 중심지였다. 지금은 사라진 연필 브랜드인 '화랑연필'을 엄마 따라 재래시장에 갔다가 샀다. 오셀로 다음으로 내 지도에 기록될 화랑연필의 이름은 '아롱다롱'이었다. 서쪽 친구 둘에게 그 연필을 보내면서 왜 이곳에 연필 공장이 많았는지 모르겠어, 라고 썼다. 지금이라면 영국, 독일, 미국, 일본과 같은 국가들에서 연필 산업이 발달한 공통 이유가 있지 않았겠냐고, 마찬가지로 우리나라 근현대사와 연필의 역사를 한 방향으로 엮을 수 있을 거라 썼겠지만 그때는 고작 그랬다. 2차선 도로가 왜 이쪽으로 오면 4차선 6차선이 되는지 궁금할 따름이었다. 참, 내가 한동안 따돌림당한 거 썼던가? 새 연필과 2차선 도로 이야기 끝에 그 얘기를 쓸 수 있었던 날, 나는 그들과 나 사이에 있다가 없어지고, 없어졌다가 다시 생긴, 거리라고 해도 좋고 아니면 경계, 괴물, 비극… 그런 걸 어렴풋하게 이해했던 것 같다.

낙석지도를 펼쳐 선으로 이을 수 있는 경계, 괴물, 비극, 질투, 연필 등이 추가되는 일일까. 어쩌면 살아간다는 것은? 그런 자문이 자주 맴돌 즈음 나는 화랑연필의 생산 도시를 두 번째로 떠났다. 이번엔 혼자였다. 경계에 있는 어딘가와 어딘가, 누군가와 누군가를 위해 '사이'를 건축할 줄 아는 지리학적 상상력을 무엇보다 갈망한 건 그때부터다. 나는 그 상상력으로 자기를 동시에 여러 곳에 둘 수 있는 사람들을, 사람들과 사랑했다. 지금 내 연필 서랍에는 전 세계에서 각자의 지리와 함께 내게 온 연필들이 누워 있고 그중에는 테오 신부님의 오셀로 연필과 같은 시대 같은 모델도 있다. 그렇지만 신부님의 오셀로는 지금껏 유일하다. 땅과 마음이 만난 기억으로 내게 와, 떠올리면 여전히 배꼽이 땡땡하게 당기는 느낌을 주는 연필은 네가 처음이에요. 말하자면 내가 선 곳, 닿는 세계를 연결한 최초의 지리학적 연필로.

검색창에 연필을 입력하세요

새벽 2시 45분. 3시에 눕자고 1시쯤 결정했고 15분이 남았다. 계획한 분량을 반도 쓰지 못해 의기소침해져서 취침 시간을 한 시간 뒤로 물렸다. 나 우울해. 그 한마디만 몸 밖으로 털어내면 어찌어찌 또 몇 문장 밀어낼 수 있을 것 같은데 이 시간에는 그 한마디 들어줄 사람 찾기가 쉽지 않다. 우울함을 토로해도 미안하지 않은 친구들이 자고 있거나 한창 작업할 시간이기 때문이다. 그래서 혼자 해결한다. 연필을 쥔 여성 작가 이미지를 찾는 것으로. 동일하거나 다른 이유로 슬프고 외로운 우울을 지났을 여성 작가들. 연필에서 확장된 취미이기도 한 연필 쓰는 여성 작가 이미지 모으기는 새벽과 우울이 그 시작점이었다.

10년 전쯤 '여성 작가'를 검색해서 내가 얻은 이미지들은 지금과 많이 달랐다. 내 기억을 어디까지 신뢰할 수 있는가와는 별개로 '여성'을 포함한 검색어가 토해내는 이미지들이 많은 부분 여성의 신체를 일관성 있게 보여줬다는 건 믿어도 된다. '길거리'를 검색창에 넣으면 길거리 여성들의 신체 특정 부위가 부각된 이미지를 쉽게 얻을 수 있으니 그리 놀랄 일은 아니다. 다행히 변화가 없진 않다. 여전히 여성 작가와 연필이 자연스럽게 어울려 있는 이미지를 쉽게 만나지 못하지만 말이다. 여성 작가와 연필을 같이 검색해도 연필에 대해 언급한 남성 작가들이나 광고성 연필 이미지가 대부분이다. 마치 '이것이 당신과 동시대를 살아가는 보편적 인류의 뇌 속입니다'라고 알려주는 것처럼. 그 결과로 나는 여전히 여성 작가와 연필의 연관성이 약하다는 걸 알게 된다. 그게 어쩐지 속상해서 내가 좋아하는 여성 작가들의 작품을 읽으며 줄을 긋거나 메모할 때 썼던 연필을 작품과 함께 올려볼까 구상해보기도 했다. 속상함은 게으름을 이기지 못했지만.

영어 검색은 좀 다른 결과를 얻게 되는데, 'pencil' 검색에는 의외의 복병이 등장한다. 나는 이것의 존재를 'pencil'을 검색하면서 처음 알았다. 친구들도 생소하다고 했다. 모두 착하지만 이상한 이들이어서 그들이 모른다고 하면 그건 보통 안 이상한 세계에 속할 가능성이 높다. 선이 고운 복병, 펜슬스커트(pencil skirt)도 그럴 것 같았다. 특히 이베이와 같은 영어권 사이트의 검색 결과는 스커트 한두 장이 섞여 나오는 정도가 아니라, 거의 스커트 숲에서 연필을 찾아야 하는 형국이다. 검색어를 좀 더 구체적으로 입력하거나 브랜드와 연필명을 구체적으로 조합하면 검색 결과는 달라진다. 그래도 스커트 이미지를 아예 피할 수는 없다. 심지어 아이브로펜슬보다 많다. 인내심을 가지고 그 안에서 연필을 선별해보던 많은 날이 지나고 어느 날, 괜히 마음이 꼬인 날이었던 모양인데 아니 왜 이렇게 치마가 많이 나오냐, 하면서 나는 펜슬스커트를 충동적으로 검색창에 넣고야 말았다. 결국, 펜슬스커트와 펜슬을 함께 검색해본 사람 수에 1을 보태면서 둘의 연관성을 높이는 데 미필적 고의로 일조한 셈이 되었다. 디지털 세계에서는 이런 식으로 A와 B의 관계가 간단하게 연루된다. 0과 1밖에 모른다는 말간 얼굴로 위장하긴 쉬워도 그곳에서 완전한 결백이란 없다.

펜슬스커트는 예전 교복 치마와 비슷한 스타일의, 연필처럼 일정한 폭의 라인이 직선으로 떨어지는 스커트였다. 흔히 H라인 스커트라 불렀던 그거. 허리부터 엉덩이, 허벅지 부분까지가 몸에 밀착되는 게 특징인데 그 비슷한 교복 치마를 입고 여고 3년을 보낸 것에 대한 뒤늦은 어이없음은 어차피 뒤늦었으니까 넘어가도, 연필과 나란히 검색되는 이 스커트 라인을 돋보이게 하기 위해 사라졌던 코르셋이 다시 유행했던 일은 뒤늦었어도 감정을 담아 쓰고 싶다. 시대적으로는 1950년대 획일적인 직선의 전시 패션에 대한 반동으로 곡선의, 여성적인 패션이 환영받을 때 인기를 얻은 스커트라고 했다. 70년대에 인기가 주춤했다가 80년대에 다시 유행했고, 요즘도 항공사나 기업, 군대, 서비스 업종에 종사하는 대부분의 여성들이 여성적이면서 전문적으로 보인다는 이유로 펜슬스커트 유니폼을 입는다는 설명에서는 미간에 주름이 잡혔다.

연필과 펜슬스커트와 아이브로펜슬은 하나의 검색어에서 태어난 혈연들처럼 연결되었다. 아이브로펜슬로 화장을 하고 펜슬스커트를 입은 여성 비서가 연필을 들고 있는 70, 80년대 미국의 지면 광고는 그 세 가지를 한 장에 모두 담는다. 광고 속 여성의 이미지만으로 보면 세월감이 그다지 느껴지지 않는다. 뉴트로 유행 때문이기도 하겠지만 이미지 속 여성의 역할과 업무 라인이 지금과 그리 다르지 않아서이다. 주로 여성이었던 비서는 연필을 들고 무언가를 '임시로', '예비로' 쓴다. 마지막 결정, 명령, 실행은 대부분 남성 상사의 결재로 이루어지며 공공의 의미 체계를 획득하는 결재란의 그 표식은 연필이 아닌 볼펜이나 만년필로 남겨졌다. 그곳은 연필의 자리가 아니다. 연필의 자리가 아니면 여성인 나의 자리도 아니기 쉬웠다. 비서가 타이핑하는 문서의 내용을 이해할 필요가 없었던 것처럼 공식적인 효과를 발휘하는 문서의 효력과 그것을 발생시키는 서명으로부터 여성은 지속적으로 소외되어 왔다.

"연필로 쓴 건 안 됩니다. 다시 써주세요."

일본 출입국 관리자가 내게 볼펜을 내밀면서 말했고, 나는 연필로는 출입국신고서를 쓸 수 없다는 걸 처음 알았다. 카핑 펜슬(지워지지 않는 복사용 연필)로 쓴 것이라고 설명했지만 불가였다. 어쩐지 연필의 처지를 새삼스럽게 깨달은 기분이었다고, 비정기적으로 만남을 이어오는 옛 직장 동료들에게 여행기 삼아 얘기했을 때 그들이 나에게 해준 이야기는 그보다 몇 배 더 충격적이었다.

새로 온 부서장이 모든 기획안 초안을 손으로 써서 올리라고 했다는 말은 이전에 들은 적이 있다. 초안은 반드시 연필로 써야 하며 그가 마음에 들 때까지 수정해오기를 여러 번 한 다음 최종 서류만 컴퓨터 문서 파일로 남기는 식이라고 했다. 연필을 쓰는 게 좋아서 안 해도 되는 필기를 굳이 하는 내가 들어도 이상한 요구였다. 직원들은 대학 리포트를 손으로 직접 쓴 경험을 추억하며 그래, 이 정도는 맞춰주자고 심각하지 않게 넘기려고 애쓰는 듯했다. 초안은 반드시 연필로 쓰라는 말에 그리 거부감이 없었다고 하는 걸 보면. 나는 그들에게 아껴뒀던 연필을 선물하는 것으로 그 일의 무게감을 줄이는 데 도움을 주고 싶었다. 그가 곧 좌천될 거라는 소문이 파다해지며 어떤 시한이 정해지면 참기 수월해지듯 다들 그냥 이 시간을 넘겨보자 했던 것도 같다. 그때까지만 해도 직원들 감정은 그리 나쁘지 않았다.

하루는 회의 시간에 몇몇 기획서를 두고 부서장이 짜증을 내더니 나도 아는 회사의 유일한 여성 팀장의 기획서를 허공에 날리며 소리를 질렀다고 했다.

"연필로 쓰라고 했잖아! 네가 뭐가 잘났다고 볼펜으로 써, 어? 내가 삭제하라면 그 자리에서 바로 바로 지울 수 있게 연필로 쓰란 말이야!"

회의 테이블에 있던 사람들이 한 손에 연필을 들고 입을 크게 벌린 채 몇 초간 움직이지 않는 장면을 상상해보라. 충격은 쌍방향에서 왔는데 먼저 부서장의 폭력적인 언사로부터 그리고, 새삼 연필이 의미하는 바로부터였다고 했다. 부서장의 메시지는 명확했다. 연필은 '최종 결정권자의 권한' 아래에서 쉽게 삭제되고 사라지는 존재들과 연결되었다.

"영화 〈82년생 김지영〉 생각나더라. 김지영이

만년필을 갖고 싶어 한 이유가 있었어."

"이상하게 들릴지도 모르지만 난 그날 이후로 연필이 더 좋아졌어."

나는 어렵지 않게 그 자리에 있던 사람들의 감정을 이해했다. 그와 같은 모멸감에는 역사가 있다. 영화 〈82년생 김지영〉에서 김지영은 왜 아버지가 남동생에게 선물한 만년필을 갖고 싶어 했을까. 그런 욕망에도 긴 역사가 있다. 연필과 만년필, 임시적 존재에서 영구적 존재로의 욕망은 새로운 게 아니다. 툭하면 지워지고 대리되고 삭제되는 존재들에게 중첩되는 상처, 그러니까 그 영화는 그런 비가시적 존재들에게 몸을 빌려주고 상처에 대해 말하게 하는 이야기였다.

아버지가 남동생에게 선물한 만년필은 여성 작가 정체성을 가진 김지영에게는 공적 발언권의 세습으로, 자기는 받지 못한 유산처럼 느껴졌을 것이다. 내게는 전해지지 않을 그 도구 대신 연필을 깎았으면 어땠을까. 남동생이 양보하는 만년필 같은 거 받지 말고 말이다. 연필을 쓰는 과거 여성 작가들의 사진을 찾아보며 나는 짐짓 아쉬워한다. 부서장 덕분에 연필이 더 좋아졌다는 사람에게 새로 구한 빈티지 연필 몇 자루를 보내줘야겠다고 생각하면서 하루의 우울을 마감했다. 누워서 마지막에 본 사진 속 여성 작가 손에 들린 연필을 잠깐 떠올렸다. 내일 검색해봐야지.

다이아몬드와 같은 이름

잎맥이 투명하게 보이는 양배추 때문이었다. 물과 영양분을 옮기는 역할을 해서 종종 잎의 혈관으로 비유되는 잎맥은 잎의 형태를 유지하고 있다는 면에서는 잎의 뼈라고도 할 수 있었다. 양배추를 도마 위에 올려놓는데 그 혈관이자 뼈가 너무 투명하게 보였다. 나는 화들짝 놀라 양배추를 떨어뜨렸다. 그 바람에 도마에 비스듬하게 놓여 있던 식칼이 함께 떨어졌다. 나는 두 발에 온 신경을 모으고 눈을 질끈 감았다. 그 짧은 순간 운이 나쁘다면, 하고 생각했던 것 같다. 다행히 칼은 두 발과는 한 뼘 정도 거리를 두고 날이 위로 향한 채 떨어졌다. 먼저 떨어진 양배추가 날 가까이 있었다. 칼날보다 양배추의 도드라진 잎맥이 더 위협적으로 느껴졌다. 이상한 의미에서 동물적이고, 징그러웠다. 아주 작은 벌레들이 틈없이 바짝 붙어 무언가를 바삐 옮기고 있는 듯했다.

우리가 벽에 말을 거는 건 괜찮지만(나는 주로 냉장고) 벽이 대답을 하면(냉장고는 자주 대답을 한다) 병원에 가보라는, 자가 격리 시대의 자가 멘탈 검진용 조언은 유효하다. 양배추의 잎맥이 자꾸 말을 건다고 양배추를 병원에 보내는 건 좀 그래서 내가 상담을 받기로 했다. 때마침 모 재단에서 운영하는 상담 지원 프로그램을 신청할 수 있었다. 10회에

걸친 심리 상담을 무료로 받을 수 있는 기회였다. 양배추는 잎맥을 꿈틀거리며 분명 내게 좋은 시간이 될 거라고 했다. 그런 말은 듣기에 나쁘지 않았다. 문제는 어떤 말이냐가 아니고 양배추가 말을 하는 것임을 내가 잊지 말아야 할 텐데….

심리 상담이 처음은 아니었다. 냉장고에 말을 거는 정도의 친숙함은 아니어도 임상심리사를 만나 이야기하는 걸 어려워하지 않는다. 5회 차 정도 넘어가면 편안함까지 느끼곤 했는데, 가까운 이에게도 자기 감정 표현을 어려워하는 사람은 강제적으로 비밀 유지가 이루어지는 낯선 타인 앞에서 훨씬 안심한다. 가끔 SNS나 자기 개인 매체에 내담자 이야기를 공유하는 상담가들은 누구에게도 발설하지 않으리란 믿음으로 내장을 꺼내 보인 내담자들의 등에 칼을 꽂는 사람들이다. 나는 정신과 의사나 임상심리 전문가들이 공익 목적의 논문과 학술서 외에 내담자의 상담 내용을 단 한 줄이라도 공개하는 경우에 지금보다 강한 제재가 가해지길 바란다. 비윤리적이거나 섬세하지 못한 상담가를 만날 위험과 상담 비용 등을 부담해야 하지만 지금까지는 도움이 되는 기억이 더 많았다. 나처럼 혼자 오랜 시간을 보내는 사람은 자기가 얼마나 이상한지 잘 모르기 쉽다. 이상함의 정도를 체크할 상대적 리스트가 부족하기 때문이다(양배추가 말을 건다고 하면, 서양배추니까 영어로? 라고 진심으로 궁금해하는 나의 친구들아 보아라). 그 리스트를 제공해준다는 면에서도 상담은 유용했다.

첫 만남에서 상담가는 내 하루를 궁금해했다. 일상을 어떻게 꾸리고 있는지, 어떤 사람들과 연결되어 있는지, 주로 어떤 감정을 느끼는지, 무슨 생각을 가장 많이 하는지와 같은 질문들에 나는 단어를 신중하게 골라가며 상담가에게 나를 이해시키려고 노력했다. 이해가 가능하리라 믿어서는 아니었다. 상담가가 보이는 어떤 노력에 반응하는 내 태도가 내겐 더 중요했다. 내가 시선은 나와 계속 맞추면서 내 이야기를 간간이 메모하는 상담가의 손을 기다려주느라 말을 끊으면, 상담가는 신경 쓰지 않아도 된다고 했다. 신경이 쓰였다. 상담가 손에 들린 연필이 스테들러 오피스 연필(Staedtler Office pencil)이어서 더 그랬다. '스테들러 오피스면 저렇게 흘려 쓰기엔 거칠 텐데… 다음 주에 속기용 연필을 하나 선물해야겠다.' 그런 생각이 잠깐씩 끼어든 거 외에 비교적 큰 잡음 없이 30분 정도 대화를 이어가다 내가, "잘 살고 있다고 생각했는데요"라고 했었나, "다들

이렇게 살지 않나요?"라고 했었나 자신 없지만 그랬을 때 상담가는 연필을 내려놓고 약간 탄식처럼 말했다.

"지승 씨, 사람은 그렇게 강하지 않아요."

사람이 잘 부서지는 존재이고, 의아할 만큼 연약한 존재라는 사실은 '안다'고 말하기보다 '모를 수가 없다'고 해야 한다. 삶이 환기시키는 건 그런 거다. 우리는 그냥 알기보다 대체로 모를 수가 없는 경험으로 자란다. 상담가가 내려놓은 연필 끝이 뭉툭해져 있었다. 흑연은 잘 부서졌다. 사람이 그런 것처럼 흑연도 강하지 않았다. 나는 다행히 흑연은 아니었지만 공교롭게 사람이었다. 부서지고 무너지고 더 약해질 수 있는 존재가 나이기도 하다는 걸 모를 수가 없어서 모른 척하고 산 것일지도. 나는 다이아몬드와 흑연의 구성 성분이 동일하다는 사실을 알게 됐을 때처럼 '계속 강해 보였던 나'와 '그렇게 강하지 않은 나'가 같은 사람이라는 사실에 어, 하고 놀랐다. 놀랐다는 점에 다시 놀라는 그런 놀람이었다.

셸레(K. W. Scheele)가 흑연의 정확한 화학 성분을 최종적으로 규명한 해가 1779년. 이후 흑연과 '역사상 가장 위대한 다이아몬드'의 성분이 똑같음을 강조하며 함께 전시되었던 1851년 런던 세계 산업제품 대박람회를 지나오면서 단단한 다이아몬드와 잘 부서지는 흑연의 구성 성분이 탄소라는 사실이 폭넓게 공유되었다. 다이아몬드 탄소 원자들은 치밀한 구조로 서로를 붙들고 있고, 흑연 탄소 원자들은 느슨한 구조로 서로 간 틈을 두고 있다는 게 겉모습뿐 아니라 존재 의미의 차이를 만들었다. 이 우연한 동일성과 구조적 차이의 역설을 유럽 연필업자들이 그냥 넘겼을 리 없다.

1880년대, 독일 파버 가문과 경쟁 중이었던 L.&C. 하르트무트 연필 회사는 중국과 러시아 흑연을 수입해 최고 품질의 고가 연필을 개발 중이었다. 동양의 최상품 흑연임을 강조하기 위해 중국 황실의 금색을 연필색으로 채택했고, 세계에서 가장 오래된 다이아몬드로 꼽히는 '코이누르(Koh-i-Noor)'를 연필 이름으로 확정했다. 1889년 파리 만국박람회는 에펠탑이 대표한 프랑스의 철강 기술이 주인공이었지만 연필 애호가들에게는 L.&C. 하르트무트 회사의 최고급 노란 연필이 첫 선을 보인 곳으로 기억된다. 코이누르 연필의 인기는 연필 역사에 뚜렷하게 남았다. 코이누르 연필과 마찬가지로 동양 최고급 흑연을 사용했다는 표시로 많은 연필 회사들이 신제품을 노란색으로 칠하는 바람에 노란색 연필이 넘쳐났고 코이누르는 "오리지널 노란색 연필"이라는 홍보 문구를 급하게 달았다. 더불어 연필 신제품 이름도 '몽골(Mongol)', '미카도(Mikado)' 등과 같은 동양적인 이름이 유행했다.

하르트무트가 코이누르를 두고 "역사상 최고의 연필에 가장 잘 어울리는 이름"이라고 강조한 건 연필보다 이름을 가져온 다이아몬드에 관한 호기심을 자극하기 좋았다. 나도 예외는 아니어서 이미지를 찾아봤다. 최소 서너 번 TV에서 본 기억이 있었다. 영국 여왕의 왕관에 박힌 바로 그 다이아몬드라니. 1304년에 처음 등장했다는 다이아몬드와 붙어 다니는 이야기에는 "코이누르를 소유한 자는 세계를 지배하지만 남성은 이것을 가져서는 안 된다"는 경고 혹은 저주가 함께했다. 무굴제국을 비롯해 이 코이누르를 소유했던 남성 군주의 두 제국이 멸망했기 때문에 만들어진 이야기가 아닐까 짐작하면서도 그 경고는 신선하고 멋졌다.

다이아몬드와 흑연 구성 성분의 일치와 구조적 차이를 소비하는 한국적 방식은 그리 신선하지는 않았다. 이 자기 계발의 나라에서 둘은 노력하는 사람과 노력하지 않는 사람의 예시로 곧잘 쓰였다. 흑연처럼 헐렁하고 약하고 잘 부서지는 이들은 패배자가, 고온과 고압을 견딜 만큼 단단한 다이아몬드는 승자가 되었다. 그 뒤로 당연한 수순처럼 다이아몬드가 되려면 어떻게 하라는 조언이 이어졌다. 모두가 동일한 욕망을 즉, 다이아몬드 같은 삶을 살고 싶어 할 거라고 전제한 글들이 많았다. 그중 '작은 자극에도 무너지는 흑연 같은 삶'을 나무라는 표현은 당황스럽게 문학적이었다. 내가 살고 싶은 삶이기도 했다. 다른 것들과 포개지고 더해지고 섞이는 삶을 상상하는 건 무너지고 부서져본 사람들이다. 홀로 단단할 수는 없어서 '약한 인간 1'과 '약한 인간 2'가 손잡고 '좀 덜 약한 인간들'로 살아가는 먹먹함에 대해 아는 것도 그들이다. 몇 세기에 걸쳐 흑연에 점토(주로 고령토) 등을 섞어 강도를 높이고 잘 부서지지 않는 연필심을 만드는 데 투자한 것도 흑연의 약함을 충분히 이해한 사람들이었다. 어둡고, 가벼우며, 검은 광택을 가진 흑연은 어째서 아름답지 않다는 건가. 과도한 열정 없이 언제든 자유로울 준비가 되어 있는 이 검은 친구가.

사람은 그렇게 강하지 않아요. 그 말이 여전히 내 옆에 있다. 그럼 나는 잘 무너지고 부서지는 사람들 곁에 있기로 한다. 강함과 약함이 어디에서 기인하고 그걸 나누는 기준은 무엇인지, 그 각각의 의미와 위계는 누가 정하는 것인지를 자문하면서. 사람이 어떤 순간에 무너질 수 있으며 그 무너짐이 어떤 죄책감을 만드는지에 예민할 수 있는 건 내가 잘 무너지고 부서지는 사람이어서다. 모를 수가 없다. 모른 척은 해도. 연필을 쓰는 사람은 부서진 흑연 가루가 종이의 섬유질에 남는 것이 연필 필기의 원리임을 매 순간 경험한다. 종이 위에 남는 건 바로 그 부서짐의 노력이니까.

양배추가 말을 거는 일은 아쉽게도 이제 없다. 우리의 마지막 대화는 이랬다.

"사람은 그렇게 강하지 않대."

"그렇게 약하지도 않지. 그런 말은 나도 하겠다."

"아니, 강하지 않아도 괜찮다는 말이야. 이 배추야."

'강하다'의 반대편에 있는 말은 '약하다'가 아니라 '강하지 않아도 괜찮다'일 거라고 마지막으로 친절하게 설명을 했는데 양배추가 제대로 이해하고 제 갈 길을 갔나 모르겠다.

P. P. P.

런던 토트넘은 손흥민 선수의 첫 잉글랜드 프리미어리그 소속팀과 연고지로 축구팬들에게 친숙하다. 연필 덕후들에게도 토트넘은 다른 이유로 낯설지 않다. 생산이 중단된 이후로도 꾸준히 사랑받고 있는 연필 브랜드 이글(Eagle)사가 런던에서 처음 지사를 세운 곳이 바로 토트넘이기 때문이다. 이글 지사와 공장이 토트넘에 들어선 건 1907년의 일이고, 80년 동안 개성 있는 이글 연필들이 그곳에서 세상에 소개되었다. 대개 반대의 순서겠지만, 요즘 누가 연필을 쓰냐 할 때 그 '누가'를 담당하고 있는 내게는 이글의 토트넘이 먼저고 자연스럽게 쏘니의 토트넘(책 출간 때까지만 이적하지 말아주세요)이 연결되었다. 그렇다고 아예 축구에 무관심한 건 아니어서 토트넘 홋스퍼 FC 창단연도가 1882년이라는 것 정도는 알고 있다(왜지?).

이글사와 쏘니가 연결되면서 한 지역의 의미가 경도 B에서 4B로 진해지는 경험처럼 연결되고 포개지면서 의미를 확장해가는 세계들에 관해 오래 생각했다. 그런 이야기를 쓸 수 있을까. 토트넘 홋스퍼의 엠블럼이 수탉이라는 점과 이글사의 심벌이 독수리인 걸 두고 혹시 토트넘이 런던의 조류 서식지인가 진심으로 궁금해하는 사람이 옆에 있으면 의지가 꺾

이긴 해도. 응, 그거 아니야. 일순 축구와 연필과 새를 연결한 건 조류학자 친구였다. 사실 뭔가를 좋아하는 사람에게는 이런 연결의 순간은 드물지 않게 찾아온다. 갑자기 주변의 많은 것들이 내가 좋아하는 걸 향해 손을 뻗는 것처럼 느껴지지만 본래 희미하게 보이지 않던 선들이 우리에게 발견되기를 기다리며 거기 있다가 일순 빛을 낸다고 하는 편이 더 다정하겠다. 당신과 내가 좋아하는 것들 사이에서 반짝.

무언가를 좋아한다는 건 이상하게 결국 그렇게 되고야 마는 일이었다. 좋아하는 A와 전혀 상관없던 B와 C, 셋 사이에서 희미한 연결선을 발견하고야 마는 일. 그 위에 또 다른 선들을 굵고 진하게 덧그리며 D와 F로 확장해나가는 수순에 대해 한 친구는 그게 덕질의 기초이자 정석이지! 했고, 다른 친구는 진작 공부를 그렇게 했으면 정말 재미있었을 것 같지 않냐고 되물었다. 내가 둘 중 누군가와 더 친한가는 비밀이다.

A와 B와 C의 자리에 사물만 앉는 게 아니라 사람도 들락거린다. 그들을 연결하는 선들을 덧그리거나 드물게 지우면서 나는 주로 냉소하지 않으려고 애쓴다. 사람과 사람을 잇는 희미한 선은 진하게 덧

그려지기보다 지워지는 경우가 훨씬 잦다. “그 사람 볼수록 괜찮더라”는 말에 “더 봐봐. 오래 봐도 괜찮은 사람 별로 없다”고 대꾸하지 않으려고 35분 전에도 노력했다. 가까운 한 사람은 사랑하기 어렵고 내가 모르는 다수에게는 인류애가 터진다. 나와 한 사람 그리고 다수를 연결하는 선이 있고 그로 인한 구조가 안정적이라면 저런다 한들 큰 문제는 아니라고 여기지만(이게 진짜 문제일지도).

대개 셋은 균형 잡힌 긴장을 조건으로 안정적이어서 아름다운 구조를 만들기 수월하다. 정삼각형이 이상적인 상징으로 쓰이는 건 주로 천상계나 강박 쪽이라 단어 셋을 나열한 제목의 글은 묘하게 종교적이거나 필자가 바흐를 좋아할 거라는 편견이 있다. 나는 줄곧 삼각형이 만드는 안정감 밖에서 삼각형 안을 동경하며 살았다. 그래서 친구의 여섯 살짜리 딸, 우주가 한글놀이를 하면서 자꾸 세 단어를 연결해 나열한다는 말을 들었을 때도 나는 아이가 어떤 안정감을 원해서일지도 모른다는 생각을 떨칠 수가 없었다. 친구는 자기 자식의 창의성을 ‘천재’와 연결하고 싶은 눈치였으나 그건 모르겠고, 세상의 많은 걸 연결하고 포개는 데 내 주변에서 우주가 최고라는 건 분명했다.

"이모, 사랑, 책…."

"와! 이모 꿈이 책 읽고 쉬엄쉬엄 사랑이나 하면서 사는 건데. 어떻게 알았지?"

우주는 이모, 할 때는 나를 가리키고 사랑과 책을 이야기할 때는 어딘가에 그것들이 있는 것처럼 콕콕 허공을 짚었다. 전날은 엄마, 싸움, 라면을 연결했다더니. 엄마가 아빠랑 싸우고 나면 꼭 라면을 먹고 자니까. 이유는 그러했다.

"나한테는 그러더니 너한텐 사랑, 책이란다. 아, 배신감."

"따로 살아. 가끔 보고. 그럼 원수도 웃으며 안녕 하기 쉽다."

"진리지. 성인되면 바로 내쫓는다 내가."

"야, 근데 왜 라면을 먹어?"

"그럼 열받아서 잠이 안 오는데 새벽 2시에 한우 구워?"

"그래도 엄마, 싸움, 한우가 낫지 않겠냐?"

우주는 친구와 내 말 사이사이 웃음으로 끼어들었다. 친구가 집안일이라도 편하게 하거나 가끔 마음 놓고 목욕이나 다녀오면 좋겠다 싶어 가끔 우주랑 놀다 왔다. 내 지갑을 가지고 놀던 우주가 내가 빼준 카드를 만지작거렸다. 카드는 뭐랑 연결해볼까? 카드, 선물, 싸움이라고 우주는 해맑게 또박또박 대답했다. 선물 산다고 카드 긁은 게 화근이 되어 부부가 대판 싸웠나 보네(정답이었다). 세상을 알아간다는 건 존재들 사이에 가려진 연결점을 찾아 잇는 일일지도 모르겠다고 우주를 보며 생각했다. 덕질은 인류의 운명인 셈이었다. 우주야, 우주는? 우주는 뭐랑 손잡을 거야? 우주, 엄마, 아빠? 우주가 고개를 저었다.

"우주, 엄마, 이모."

야, 우주 천재 맞다. 우주야, 이모 지갑 우주 가져.

내 신분증 사진 위에 우주가 붙여놓은 원더우먼 스티커를 발견한 건 며칠이 지나서였다. 거기에는 '아름다움, 지혜, 힘(Beauty, Wisdom, Power)' 세 단어가 금박으로 박혀 있었다. 아름다움과 지혜와 힘의 삼각 편대라면 무적이긴 하겠다. 하긴, 원더우먼의 탄생 자체가 삼각 구도에 빚졌다고 할 수 있었다. 원더우먼을 창조한 윌리엄 몰턴 마스턴과 그의 부인과 폴리아모리 관계였던 애인의 삼각 구도가 구체적으로 어땠는지는 알 수 없다. 영웅 서사에 여성 캐릭터를 등장시킨 파격적 시도는 부인의 영향이었지만 이지스의 방패로 만든 원더우먼의 팔찌 아이템은 애인의 그것에서 가져왔다고 했다. 심리학자이자, 신형 거짓말탐지기 개발자이기도 했던 윌리엄은 부인과 애인, 두 여성과 손잡고 원더우먼을 창조한 셈이었다. 원더우먼의 최고 아이템, '진실의 올가미'는 자기를 창조한 남성에게 맨 먼저 썼으면 좋았겠다.

내게는 'Wonder Woman: The Golden Age' 속 원더우먼이 첫 기억이었다. 가슴에 그려진 독수리와 허벅지 아래로 좀 길게 내려온 별 무늬 반바지를 특징으로 하는 코스튬 덕분에 그는 원시 부족의 워리어에 가까운 모습이었다. 그러던 것이 점점 하의 길이도, 드러내는 바디라인도, 머리 길이와 스타일도 비현실적으로 바뀌었다. 무엇보다 원더우먼 가슴 한가운데 깃털까지 세밀하게 묘사되었던 독수리가 점점 단순하게 변하더니 어느덧 선 몇 개의 심벌로만 남았다.

토트넘에 지사를 세운 이글사의 독수리 문양도 원더우먼의 독수리와 비슷한 변화를 겪었다. 초창기 이글 연필에 새겨진 독수리는 훨씬 정교해서 누가 봐도 비상 중인 독수리고, 지금 봐도 디테일이 멋있다. 하지만 선들이 생략되고 점점 간소화되더니 독수리는 그 정체성도 단순해졌다. 이글사의 규모가 커지면서 다른 상품 브랜드를 매입하고 연필 회사 정체성이 바래면서 1969년 베롤 리미티드(Berol Limited)로 이름을 바꾼 일련의 과정에서 독수리는 아주 사소한 변화 중 하나였을 것이다. 기억하는 사람에게만 사소하지 않다. 내가 아는 그 독수리는 사라졌다. 연필과 원더우먼 모두에서.

다음 날 전화해 우주에게 원더우먼 스티커의 세 단어를 알고 있느냐고 물었다. 영어유치원을 보낸다 어쩐다 하는 말을 들은 것도 같아서였는데 아이는 깜짝 놀랄 만큼 영어 발음이 좋았다. 귀엽기까지 해서 '펜슬' 발음을 여러 번 요청하고 있자니 친구가 끼어들었다.

"너 내 남편 외국인인 거 까먹었지? 놀라는 거 보니까 딱 그건데 지금?"

"결혼식 때 한 번 봤는데 그걸 어떻게 기억해?"

"그게 반복 학습이 필요한 정보였구나. 몰랐네."

"우주 바꿔. 우주야, 펜슬하고 다른 거 연결해 보자."

"펜슬, 페이퍼, 패션(Pencil, Paper, Passion)?"

패션? 열심열심 하는 거요. 아이고 깜짝이야. 이모 지금 너무 놀랐어. 우주가 웃었다. 그 너머로 친구 목소리가 들렸다. 맞다, 이모한테 엄마 한우 샀다고 해. 엄마가 한우 샀대요. 우주야 엄마한테 패션! 해줘. 우주가 또 웃었다.

그날, 친구가 밀린 집안일을 차례차례 해치우고 한숨 돌리며 커피를 내려 나와 마주 앉았을 때 우주는 나와 친구 사이에 앉아 한 손으로는 내 엄지, 다른 한 손으로는 엄마 엄지를 붙잡았다. 그러고 졸던 우주가 꾸벅, 하고 내 손가락을 툭 놓쳤다. 순간 화들짝 놀라던 모습이 아직도 마음에 남아 있다. 내 손가락을 다시 쥐며 안심하던 얼굴도. 슬프고 간질간질하게.

야, 세상 너 꼭 무사해야겠다.

『아무튼, 코끼리』가 될 뻔한

어떤 마음들은 너무 오래 산다.

약속 장소는 능동 어린이대공원 앞이었다. 수요일이었고, H가 쉬는 요일이어서 그날로 약속을 잡았다. 쉬는 날이라고는 해도 하루를 통으로 비워 같이 노는 일은 H가 아닌 그 누구와도 이제 잘 없었다. 약속 시간 3시는 점심 먹고 만나서 저녁 전에 헤어질 수 있는 맞춤한 시간이었다. 내가 먼저 3시, 했고 H가 응, 했다. 근황을 나누는 데 한두 시간이면 족할 것이다. 또 뭘 나눌 수 있을까. 뭘 나눌 수 있는 사이였더라? 부러 한 정거장 먼저 내려 공원 정문까지 걸으면서 그런 생각을 했던 것 같다.

기껏 힘들게 떠나고선 유학을 포기해야 하는 상황이었다. 시간이 필요했다. 무엇을 위해서? 모르겠다. 일단 귀국해서 직접 사정을 살펴보자, 하고 들어온 길이었다. 멀리서 짐작했던 것보다 상황은 훨씬 나빴다. 귀국한 날부터 본가에서 책과 논문 등을 정리했다. 연필도 정리해야 할 목록 중 하나였다. 시선이 마주치는 것들마다 나에게 같은 메시지를 던지고 있었다. 다 끝났어. 나는 원하는 대로 살지도, 살지 않지도 못하는 자신에게 계속 화가 나 있었다. 분류하고, 버리고, 팔고, 잊기로 마음먹는 일련의 정리

수순이 내게는 그 화를 표현하는 방식이자 정말 정리하고 싶은 걸 숨기는 방어의 몸짓이었는지도 모른다. 그때는 분명했던 게 시간이 지날수록 흐려졌다. 나 자신을 많이 속인 일일수록 그랬다. 단념과 관련된 일일수록.

수집한 연필 대부분은 그걸 선물해준 사람이자, 만난 장소이자, 쓴 시간이 된 것들이라서 어쩌질 못하고 본가에 남겼다. 절대 열어보지 말 것. 박스에 빨간 펜으로 쓴, 필요 이상으로 엄했던 이 경고문은 욕망을 단속해야 하는 시기에 당연히 나를 향한 것이었다. 가지고 있던 책의 3분의 2는 버렸고, 어떤 이유로 도저히 그럴 수 없는 것들만 차곡차곡 상자에 담았다. 책 한 권 구입도 부담이 되던 시절에 자기가 읽고 싶은 책을 내게 선물하고는 도로 빌려가곤 했던 친구들의 메모가 남은 책들이 섞여 있었다. 영어가 마음대로 되지 않아 펑펑 울고 있는 나에게 "당신이 표현하는 것보다 깊고 넓은 세계가 당신 안에 있다는 걸 안다"라고 했던 지도교수의 논문과 저작도 넣었다. 그리고 H가 7년 전 출간한 첫 책도. 그 책은 한동안 르네상스 시대 종교 서적의 하드커버를 카피한 듯한 노트와 나란히 책장에 꽂혀 있었다. 비닐 포장된 노트를 책과 함께 상자에 넣었다가 노트만 다시 꺼내면서 기억이 났다. H에게 선물하려던 노트였다. 첫 책 표지와 세트처럼 닮아 있는 노트 표지를 보고 그라면 약간 감동할지도 모른다고 상상했다. 기분 좋아지는 상상이었다. 노트를 뺀 상자를 봉한 다음 창고 가장 구석에 밀어 넣고 H에게 전화를 했다.

"잘 지내?"

"아니. 넌?"

"줄 게 있는데… 만날래?"

"넌? 잘 지내냐고."

"아니."

"그래. 보자. 나 수요일에 쉬어."

H와 나 모두를 알고 있는 친구에게 H가 입시 학원의 사무 일을 하고 있다는 말을 들은 적이 있었다. 글을 계속 쓰는 것 같진 않더라. 안타까움과 안도감이 섞인 말투였기 때문에 나는 H에 대해 필요 이상으로 알게 된 기분이었다. 무겁고 싫었다. 굳이 얼굴을 보자고 한 건 그런 기분을 떨치고 싶어서였다. 직접 보고, 직접 들은 걸로만 그를 기억하고 싶었다. 좋아할 수는 없는 사람이었지만 그게 내가 그에게 지키고 싶은 예의의 선이었다.

내가 노트를 내밀자 H의 표정이 잠깐 굳었다. 혹시 기분을 상하게 한 걸까 걱정했지만 H 표정이 금방 풀려 안심했다.

"이건 너한테 가 있어야 할 물건 같아서."

"웃긴다. 나도 그런 게 있길래 가져왔는데…."

이번에는 내 얼굴이 긴장했다 풀어졌다. 연필이었다. 보관에 신경을 썼는지 종이 박스가 깨끗했다. 80년대 후반에 생산된 문화 더존연필은 큰 산 모양의 각인이 특징이다. 지금도 생산되는 더존연필과는 다른 빈티지 모델이라는 걸 나는 금방 알아봤고, 놀랐고, 어떻게 H가 이 빈티지 연필을 가지고 있는지 의아했다.

"학원 앞 오래된 문방구가 문 닫았어. 폐업 세일한다고 해서 갔다가 먼지 뒤집어쓰고 있는 걸 발견했지. 사무실 비품은 알아서 주니까 내가 살 게 없더라고. 예전 같으면 신나서 노트며 펜이며 쓸어 담았을 텐데."

H는 내가 준 노트 표지를 손바닥으로 쓸었다. 그러고는 뭔가를 참는 표정으로 카페 통유리창 너머를 바라봤다. 나는 모른 척하고 연필 박스 뒤에 적힌 품질보증 표시를 읽어 내려갔다.

"주식회사 문화연필. 전주시 팔복동 1가 325-1.

주의사항이, 심을 입에 물지 말 것이라고 되어 있어. 봐봐."

"문방구 아저씨가 이 연필이 나 대학 입학연도까지 나왔던 거라더라."

"아, 맞아 맞아. 아마 88년부터 그때까지 나왔을걸?"

"그런 걸 왜 외우고 있는 거냐, 너는?"

"이젠 안 외워. 연필 안 쓴 지도 오래됐어."

H는 말 대신 표정으로 왜? 하고 묻고 있었다. 나는 대답하지 않았다. 오 헨리의 「크리스마스 선물」도 아니고, 말하자면 잘못된 선물로 일상 소통의 중요성에 대한 교훈을 얻을 수 있는 이 상황은 대체…. 나는 H가 글을 쓰지 않는다는 말을 믿지 않았고, H는 다 끝났다는 내 말을 믿지 않은 것 같았다. 뻥 치시네. 노트와 연필로 우리는 서로에게 그런 말을 하고 있었다. 다 무슨 소용인가. 이렇게 온통 봄인데, 또다시 뻥 같은 이런 봄에 왜 H는 저렇게 눈을 비비고 있는 걸까.

"저, 어… 코끼리. 나 방금 코끼리 본 것 같아… 어…."

"코끼리? 무슨 소리야, 코끼리라니."

H의 눈에는 보였던 코끼리가 내 눈에는 보이

지 않았다. 그렇다고 거짓말 같진 않은 게 창밖이 어수선했다. 일군의 사람들이 한 방향을 가리키며 달려가는 모습에 카페 안 다른 테이블 사람들도 웅성거렸다. 나는 그냥 앉아 있을 수 없었다. 내가 사랑하는 코끼리. 세상에 나온 지 30분이면 네 발로 서는 멋진 생명체.

"코끼리는 죽을 때까지 계속계속 자란대. 대단하지 않아? 너무 좋아."

가장 큰 코끼리는 가장 오래 산 코끼리였다. 그들에게는 늙음이 모욕적이지 않을 것이다. H는 점점 흥분하는 나 때문에 당황한 것 같았다.

"너는 좋아하는 걸, 좋아한다고, 참 편하게 말하네."

보러 가자. H의 말을 흘려듣고 내가 먼저 움직였다. H가 뒤따라 일어섰다(고 생각했다). 그새 카페 앞 거리는 안정을 찾아서 여느 봄 낮 풍경과 다를 바 없었다. 나는 소요의 기미가 남은 방향으로 움직였다. 코끼리가 지나갈 만한 큰길을 따라 얼마간 달리다가 갑자기 H가 떠올랐다. 뒤따라올 거라 생각했던 H는 한참을 기다려도 보이지 않았다.

카페 쪽으로 되짚어 걸으며 점점 짜증이 불었

다. 코끼리를 보지 못한 게 H 탓인 것처럼. 그래서 H는 본 코끼리를 나는 못 봤다는 게 약 오르고 조금 더 지나자 화가 났다. H가 전화를 받지 않자 점점 더. 연필에 무관심해졌다곤 하지만 여전히 연필 앞에서 무방비가 되는 것처럼 코끼리에게도 그러느라 앞뒤 재보지도 않고 H 말을 덜컥 믿어버린 내가 바보였는지도 모른다. 아니면 잘못된 선물 때문이었을까. 굳이 다시 잇지 말았어야 할 관계였나. 역시 내가 문제인 건가. 그런 자문들 끝에 모호하게 방치되어 있던 감정의 구역이 무너졌다. 나는 지지할 것을 구하는 심정으로 H에게서 받은 연필을 찾아 가방을 뒤졌다. 없었다. 왜 없지? 연필이…. 그제야 연필을 카페 테이블에 놓고 나왔다는 걸 알았다.

우리가 마신 커피 잔이 테이블 위에 아직 남아 있었다. 내가 H에게 건넨 노트도. H의 커피 잔이 남아 있지 않았다면 나는 약속 전부가 환영이거나 오래전 어떤 기억의 재생이었다고 믿었을지 모른다. 하지만 나는 그를 봤고, 그가 폐업을 앞둔 문방구에서 구조해온 더존 큰 산을 손에 쥐어봤다. 코끼리는 못 봤지만, 모든 게 사실일 필요는 없었다. 더존 큰 산까지만 사실이어도 좋았다. 좋을 수 있었는데 그걸 왜 다시 가져가느냐고, 노트는 또 왜 두고 가고.

아 진짜!

그날 저녁, 어린이대공원을 탈출한 코끼리 여섯 마리가 다섯 시간에 걸쳐 탈주 소동을 벌였다는 뉴스를 봤다. 세 마리는 한 식당에 들어가 집기를 부수고 난동을 피우다 잡혀 공원으로 돌아왔고, 두 마리는 비교적 넓게 트인 곳을 배회하다가 붙잡혔고, 마지막 한 마리는 구의동 한 주택의 정원에서 경찰과 장시간 대치하다가 잡혔다고 했다. 나는 그들 모두가 무사히, 인간 손에 사살되지 않고 공원으로 돌아갔다는 사실에 크게 안도했다. H도 코끼리도 거짓말이 아니었다는 데에는 눈물까지 글썽이며 더 안도했다. 그랬다고 H에게 말하고 싶었지만 어쩐지 그날은 연락하지 못했다.

경찰 조사 결과 코끼리들은 "솟아오른 비둘기 떼에 놀라" 탈주했다. 코끼리 탈주 사건의 후속 보도는 마치 코끼리들이 경찰의 취조에 응하고 순순히 자백했다는 듯한 어조였다. 도대체 코끼리들의 진심을 어떻게 알 수 있다는 거지? 뉴스를 보고 그게 제일 궁금해진 나와 달리 한 친구는 뉴스 헤드라인을 노래 제목으로 쓰겠다고 했고(물론 말렸고), '비둘기 떼 때문이었대'라고 보낸 내 문자에 H는 '미안하다'고 답했다. 어떤 '미안하다'는 '나는 아무것도 안

할 거야'란 의미였다. 잠깐 화가 났지만 나는 곧 잊었다. 1년쯤 지나 그가 동유럽 어디에서 살고 있다는 말을 들었다. 또 얼마 후에는 그가 한국에 들어와 있다는 소식을 접하기도 했다. 마지막으로 들은 그의 소식은 사고와 사망에 관한 것이었다.

그때 그 더존 연필은 어떻게 됐을까. 가끔 궁금하다. 그동안 인연이 여러 번 닿았지만 더존 큰 산 연필을 수집하거나 쓰게 되지는 않았다. H에게 갔으면 했던 그 노트는 언제 어떻게 사라졌는지 모르게 잊혔다. 그날 H가 그냥 그렇게 돌아간 이유가 이제 그다지 궁금하지 않다. 더존 큰 산 연필과 함께 그를, 솟아오른 비둘기 떼 같은 어떤 마음에 놀라 탈주한 코끼리로 기억한다고 해도 세상에 크게 해가 되진 않을 테니까. 그날 동물원의 코끼리들과 달리 H는 돌아오거나 붙잡히지 않았을 뿐이다.

어떤 마음은 너무 오래 산다. 너무 그렇다.

마녀의 빗자루

그 동네에 사는 동안 비가 자주 왔다. 동네 한가운데를 가르는 큰길은 한강공원 입구로 연결되었다. 입구를 향해 걷다 보면 촘촘하게 붙어 한강과 수평을 이루는 다세대주택들과 한강 사이에 우뚝 솟은 정자가 보였다. 1424년에 지어졌다가 1925년에 소실되었고, 1988년 서울올림픽과 관련한 공공사업 중 하나로 복원되었을 정자는 온전한 기념물이라기보다 어쩐지 지붕 있는 무덤에 가깝게 느껴졌다. 무덤은 여러 번 이름이 바뀌었다. 그중 첫 번째 이름이었던 희우정. 희우(喜雨). 이 이름이 가장 좋았다. 『성종실록』에는 "오랜 가뭄 끝에 단비가 순조롭게 내려 만물이 소생하게 된 다음에야 희우라고 하는 법입니다"라는 예문이 등장하고, 동네를 떠나기 전까지 오랜 가뭄은 없었으니까 내가 그곳에서 맞은 비를 희우라고 할 순 없었다. 그래도 지붕 있는 무덤 같던 정자 위로 내리는 비를 나는 희우라고 불렀다. 비가 시야를 방해하는 날이어야 정자는 겨우 경승지이자 기념물로 보였으니까.

지나치게 맑은 날 정자를 찾은 사람들은 그곳에서 한강을 바라보다가 예상보다 큰 자동차 소리와 탁한 공기를 어쩌질 못하고 겸연쩍은 얼굴로 내려왔다. 그들도 나처럼 대단한 무엇을 기대하고 정자를 오르진 않았을 거다. 허무하다 싶게 특별할 게 없어도 괜찮았을 테고. 다만 10분 정도라도 들고 간 연필을 조용히 쓸 수 있었다면…. 그럴 수 없어서 나는 정자만큼 높이 솟구치고 싶을 때마다 괜히 골목을 돌아다녔다. 그러다가 몸을 숨기기 좋은 곳에 쪼그려 앉아 그 정도 눈높이에서 볼 수 있는 것들을 다리가 저려올 때까지 관찰했다. 가령, 산책하는 개들이나 담벼락의 낮은 구멍들, 노인의 무릎, 목이 긴 꽃들….

하루는 나처럼 쪼그려 앉아 길고양이에게 밥을 챙겨주는 아랫집 노인의 뒷모습과 마주쳤다. 등을 덮는 길이의 백발을 목덜미쯤에서 깔끔하게 하나로 묶어 늘어뜨린 노인이 웅얼웅얼 혼잣말을 하고 있었는데 뚜렷하게 들리진 않았지만 고양이들에게 말을 시키고 있는 것 같았다. 아침부터 해 지기 전까지, 때로는 밤이 되고도 동네 입구의 평상을 차지하고 있는 다른 노인들과 아랫집 노인은 어딘지 달라 보였다. 도통 어울리지 못하고 겉돌았다. 나는 그런 걸 그냥 알게 되었다. 어지럽게 이어지고 틀어지는 골목마다 쪼그려 앉아 있다 보면 귀 기울이지 않아도 들리는 이야기들이 많았다. 사실인지 아닌지는 알 수 없는 이야기들. 사실인지 아닌지는 중요하지 않은 이야기들.

"이제 출근해요?", "퇴근하는 모양이네요?" 아침저녁 마주칠 때마다 웃는 얼굴로 그렇게 묻는 아랫집 노인은 70대 중반으로 한 번도 결혼한 적이 없다고 했다. 이상한 약초를 달여 마시는 걸 봤고, 몇 년째 늙지 않으며, 매일 집에서 알아듣지 못할 기도문을 외운다고도 했다. 소문은 결코 모자라는 법이 없었다. 몇 년째 찾아오는 가족 하나 없이 길고양이들에 정을 쏟아 다른 동네 고양이들까지 불러들인다는 건 그나마 귀여웠다. 노인이 전직 역사 선생님이었다거나, 실은 파독 간호사였는데 독일인 유부남과 사고를 쳐서 독일에서 쫓겨났다는 건 그럴듯하게 들렸다(이렇게 클래식할 수가!). 사실은 남편과 두 자식 모두를 일찍 사고로 잃고 반쯤 미친 상태로 살고 있다는 버전은 별로 믿고 싶지 않았다.

소문은 평상 위에서 바람을 타고 동네를 몇 바퀴 돌았다. 노인과 나는 마주칠 일 없이 소문만으로 교류하는 셈이었다. 그러면서도 가끔 섬세하고 부드러운 노인의 목소리가 아래에서 들려오면 그가 사람이 아닌 것들에게 말하고 있음을 알 수 있었다. 새나 고양이나 벌레 같은 것들에게. 나는 1년에 1cm씩 내 삶이 궁핍해져서 노인의 나이에 그가 사는 반지하 셋방에 사는 나를 상상해보곤 했다. 나도 사람 아닌 것들에게는 다정하게 말해야지, 다짐으로 끝나는 상상.

"거기서 뭐 해요?"

쪼그려 앉아 있던 아랫집 노인이 역시 쪼그려 앉아 있던 나를 발견하고 물었다. 골목을 돌던 사람들이 나 때문에 놀란 적이 몇 번 있었는데 이번엔 내가 놀랐다.

"고양이 밥 먹는 거 보고 있었어요."

노인을 들러 내게 온 바람에서 한약 달인 냄새가 났다. 친숙한 느낌이었다. 오래된 연필에서도 비슷한 냄새가 날 때가 있었다. 외국의 빈티지 연필 판매자들이 연필의 추정 생산연도와 보관 상태 등을 설명하면서 '비흡연자', '비흡연 보관' 등을 강조하는 이유가 궁금했는데 흡연자 집에서 보관하던 연필을 구매한 후에야 알았다. 연필을 쓰려고 쥐면 연필의 나무 부분에 밴 담배 냄새가 은은하게 올라왔다. 나는 왜 그런 얘기를 노인에게 더듬더듬 했을까. 연필을 좋아하는데 당신에게서 연필 냄새가 나요. 노인은 내게 엄마가 있냐고 물었다. 연필에서 갑자기 엄마로 건너뛴 대화에 어리둥절했지만 대답했다.

"아, 네. 그러지 않아도 주말에 오신다고… 할머니는…."

"엄마는 다 있죠. 나한테도 죽은 엄마가 있어요."

고양이가 노인의 발밑에서 고롱고롱 소리를 냈다. 70대의 얼굴이 일반적으로 어떤지 말하기 어렵지만 아랫집 노인의 이목구비가 예외적이겠다는 건 알 수 있었다. 그녀의 눈코입이 심지어 내 미래보다 뚜렷해 보였다. 유난히 큰 코를 보고 있자니 동네를 가르는 큰길이 떠올랐다. 고롱거리던 고양이가 노인의 코에 자기 코를 갖다 댔다. 어쩌면 저 코 때문에 난 소문일 수도 있겠다.

"집 앞에서 머리를 말리고 있는데 건넛집 슈퍼네 손녀가 와서 물었어요. 할머니 진짜 마녀예요? 그냥 웃었지."

노인은 고양이와 코를 맞추며 웃었다. 나는 갑자기 눈물이 찔끔 나려는 걸 참았는데 아무래도 연필과 엄마와 마녀 이야기가 너무 자연스럽게 연결되어서인 것 같았다. 잘 모르는 사람과도 이렇게 자연스러울 수 있는 대화가 왜 너와는 그렇게 어렵기만 했을까. 그즈음 나는 아침에 일어나 하품하는 자세부터 모든 걸, 그러니까 사는 방법 전부를 다시 배우고 싶은 심정이었다. 울지 않고 뻣뻣하게 일어난 건 다리가 저려왔기 때문이었고. 노인도 나를 따라 일어서더니 무릎을 굽혔다 폈다 하며 시선을 멀리 두는 듯하더니 '희우정'에 올라가 봤냐고 물었다. 노인이 그 이름을 어떻게 알고 있는지 궁금했다. 노인은 골골거리는 고양이의 턱 밑을 긁었다.

"얘들이 알려줬지요."

"그러니까 진짜 마녀 같잖아요."

"집에 마녀 빗자루도 있는데. 구경 갈래요?"

노인의 얼굴에 장난기가 퍼지는가 싶더니 이목구비가 장난기로 부풀어오르는 것처럼 커졌다. 무슨 무대장치처럼 가로등이 잠깐 꺼졌다 켜졌다(이러지 마…). 나는 잠시 「헨젤과 그레텔」의 줄거리를 떠올려보고, 연이어 내가 아는 동화 속 마녀들이 한 일을 주로 악행 위주로 곱씹으며 서 있다가 노인 뒤를 우아하게 따라 걷는 고양이 두 마리를 따랐다. 무슨 일이든 고양이가 따르는 사람에게 당하는 편이 나았다. 아, 히틀러도 동물권 옹호자였다는 사실이 그 순간에 떠오른 건 그냥 생존 본능이었다고 치고.

노인은 영영 모를 것이다. 내가 처음 그에게 먼

저 인사를 하게 된 이유가 얼마나 터무니없는지. 한낮 쨍쨍한 해 아래에서 노인이 앞집 조손가정 아이들 둘의 숙제를 봐주고 있었다. 평상에 엎드린 아이들의 숙제를 봐주는 틈틈이 노인은 연필을 깎고 있었다. 연필 찌꺼기는 그냥 버려요? 연필 찌꺼기 아니고 연필밥이라고 해. 밥요? 먹을 수 있어요? 아니 아니. 톱밥 할 때 그 밥. 할머니는 왜 똑똑해요? 야, 몰랐어? 할머니 마녀라서 똑똑하잖아. 맞죠? 그래. 할머니 마녀라서 똑똑해. 나는 창문을 열어두고 그런 말들이 오고 가는 걸 계속 듣고 있었다. 그날 이후 꾸벅, 그에게 먼저 인사했다. 아이들에게는 캔디, 도라에몽, 토토로 등이 그려진 연필 몇 자루를 골라 선물했다. 역시 캐릭터 연필! 아이들도 다음 날부터 나에게 꾸벅, 이었다.

노인을 따라 계단을 반 층 내려갔다. 문이 열렸고, 불이 켜졌다. 아담한 거실과 싱크대가 보였다. 정면에 책장 두 개가 'ㄱ' 자 모양으로 서 있었다. 익숙한 책등 모양과 이름, 제목들이 한눈에 들어왔다. 꽂힌 책들만 보면 노인은 취향을 가진 성실한 독자였다.

"과일 좀 가져가요."

시선이 닿는 곳 어디에도 빗자루는 없었다. 예

상은 했지만 어째 서운했다. 대신 노인이 과일을 담은 바구니를 건네기까지 5분 남짓 나는 꽤 많은 걸 눈에 담았다. 눈높이에 있던 박완서와 오정희의 책들은 전집이 아니라 한 권씩 다른 시간대에 사 모은 듯 낡음의 정도가 달랐다. 그리고 'ㄱ'의 첫 획과 수평으로 놓인 테이블 위에 코카콜라 로고가 찍힌 유리컵, 그 안에 지우개가 달린 노란색 연필 세 자루. 딕슨(Dixon)인가? 아니, 지우개 부분이 달라. 몽골(Mongol)은 아닌 것 같고. 아, 스테들러(Staedtler) 스쿨 연필인가…. 그냥 노인에게 물어보면 간단할 일을 나는 현관에 서서 눈을 가늘게 뜨고 연필을 식별해내려고 애썼다. 그게 마녀의 빗자루나 되는 것처럼.

환각제를 외음부 점막에 흡수시키는 도구로 빗자루가 쓰였다는 이야기나 빗자루의 비 부분은 여성을, 자루의 막대기는 남근을 상징한다는 이야기는 필연적으로 마녀의 성적 욕망과 음탕함으로 연결되었다. 연필처럼 막대기 비슷한 것들이 죄다 남근이라는 한 뿌리를 가지는 역사(펜과 펜슬의 어원도 페니스다) 속에서 마녀의 빗자루와 연필은 그리 멀지 않은 친인척 관계랄 수 있었다. 나는 이 동네 대표 마녀가 반지하에서 연필을 빗자루 대신 쥐고 박완서와 오정희의 글을 마법서처럼 중얼중얼 읽는 모습을 상상했다. 현대판 마녀는 재판이나 화형보다 매일 밤 고독사를 두려워하겠지.

노인이 건네주는 과일을 받아 들었다. 3초 정도 노인과 마주 서서 침묵을 지켰다. 토독, 토독 반지하 낮은 창에 비 닿는 소리가 들렸다. "아, 희우다!" 내 말에 노인이 반색했다.

"나는 기쁨과 걱정이 나란한 희우(喜憂)인 줄 알았어요. 아니었구나. 비에 젖은 기쁨이었구나."

희우를 '비에 젖은 기쁨'이라고 읽어내는 노인이 좋았다. 빗자루 같은 노란 연필들도. 그렇다고 하자 노인의 코가 쑤욱 커졌다. 아니, 그랬던 것 같다고 생각하면서 나는 반지하에서 지상으로 올라왔다. 오늘이 그날인가. 『파우스트』에 나오는 마녀와 철학자, 시인과 문학가 들이 뒤섞인 밤. 낭만적 발푸르기스의 밤(Walpurgisnacht)이 희우와 함께 조용히 흐르고 있었다.

갑자기 그 동네를 떠나게 된 날, 인사하러 들렀지만 노인은 집에 없었다. 노인의 거실에 있던 노란 연필들의 정체가 못 견디게 궁금할 때가 아직도 있다. 가로등이 무심코 깜빡거리는 밤이면 유난히.

그래파이트 타투

Q 모르는 여자한테 고백하고 싶은데요

저기 저 학원에서 진짜 좋아하는 애가 있는데 걔는 나를 모르고 난 걔를 잘 아는데 어떻게 해야 할지….(내공 35)

A 질문자 채택

으음… 막 말을 걸어보세여. 예를 들어 연필 안 가져온 척 연필점 하면서 빌려보시던지….

연필에 찔려 생긴 점의 공식 명칭을 찾다가 '연필점'을 검색한 결과 지식iN의 놀라운 답변을 봤다. 실소였지만 자존심 상하게 웃고 말았다. 2007년 문답이었고 그로부터 13년이 지난 지금 질문자나 답변자의 근황이 잠깐 궁금해지다 말았다. '연필점'이라니. 아니, 그 연필점 말고. 발단은 연필 커뮤니티에 잊을 만하면 한 번씩 돌아오는 "이 점 나만 있나요?" 타입이었다. 나는 그렇게 많은 사람들이 그 점을 가지고 있다는 게 놀라웠다. 고양이처럼 나만 없네 또. 의학적으로는 '외상성 문신', 정확히는 흑연 같은 이물질이 상처 속에 침착되어 점처럼 보이는 거였다. 그 점이 있는 사람은 적지 않았는데 정작 그것을 부르는 합의된 단어가 없었다. 연필에 찔리는 게 한국 사람뿐이겠나 싶어 영어권 표현을 찾다가 발견한 게 그래파이트 타투(Graphite Tattoo). '흑연 문신'이라고 번역하면 어감이 달라지는 그 이름이 마음에 들어서 나는 앞으로 그래파이트 타투라고 부르기로 했다.

타투를 가지게 된 사연은 제각각이었다. 동생과 연필을 칼처럼 들고 싸우다가 팔뚝을 찔렸다거나, 어렸을 때 자기를 괴롭히던 남자애가 연필을 뺏어가서 실랑이하다가 다쳤는데 점이 되었다거나, 책상에 금 긋고 못 넘어오게 했더니 짝꿍이 손등을 찔렀다는 등 평범한 학원물에서 하드보일드로 장르가 달라질 즈음 등장한 사연은 짧고 강렬했다.

"연필들 심을 위로 꽂아 놓은 연필통에 그대로 주저앉은 게 제 나이 일곱 살. 제 엉덩이에는 연필로 찍은 북두칠성이 있습니다."

아무래도 '주작' 같았지만 뭐, 엉덩이를 인증하라고 할 순 없으니까 다들 웃어넘기는 분위기였다. 그 순간 내가 "다음에는 황도 12궁에 도전해보세요!"라는 댓글을 달고 '이 분위기 어쩔' 사태에 직면하게 될 뻔한 걸 기막히게 막은 건 김혼비였다. 누가 그랬더라? 좋아하는 사람은 전화 타이밍마저 아름답다고.

"아, 그걸 그래파이트 타투라고 해? 나 있어, 있어!"

모든 친구들과 연필 이야기를 하는 건 아니라서 어쩌면 문신을 가진 친구들이 더 있을지도 모르지만 그때까지는 김혼비가 유일했다. 얻게 된 사연은 평범했다(『아무튼, 술』의 작가답게 자작〔自作〕하셨다고). 그래도 내게는 없어서 섭섭했던 타투를 김혼비가 가지고 있다니까 어쩐지 그동안 맡겨놓은 것처럼 신났다. 긴 시간 이름 없이 그의 몸에 있었던 그것의 이름을 알려주고 나는 그의 타투 사진을 받았다. 오른쪽 세 번째 손가락에 진짜 그게 있었다(하필 가운뎃손가락이어서 검지와 약지를 완전히 접지 않고 어정쩡하게 찍어 보낸 배려가 빛났다). 그나저나 김혼비 손가락이 이렇게 생겼구나. 타투 부분을 확대해서 보다가 같이 확대된 손가락을 더불어 한참 봤다.

인간 신체 중 가장 결핍되고 안쓰러운 장소로 주저 없이 손을 꼽으면서도 정작 그걸 빤히 바라볼 일은 많지 않았다. 가장 최근에는 『딕테』의 작가 테레사 학경 차의 손을 컴퓨터 배경화면으로 설정해놓고 가끔 보는 정도였다. 그러고 보니… 오래 집중했던 한 사람의 손에 대한 기억이 김혼비의 세 번째 손가락(하필×2) 사진에 착륙했다. 그래, 우주인 이소연의 스페이스 펜(space pen) 테스트 동영상! (그래파이트가 갑자기 그래비티로 이어져 굉장히 혼란스러우실 독자님들께. 이제 적응할 때가 되었다 여러분, 하아트.)

내가 궁금했던 건 소문의 진위였다. 꼬리가 자꾸 길어지는 소문이었다. 진실이 드러나려 하면 돌연 연막이 쳐지고 흐지부지 넘어가다 보니 소문의 역사가 점점 길어졌다. 처음 달 여행을 준비하던 미국과 러시아는 우주에서 볼펜과 같은 원리의 필기구는 사용할 수 없음을 알게 된다. 일반 볼펜은 잉크가 아래로 흘러야 필기가 가능한 원리라서 무중력 상태에서는 사용할 수 없었다. NASA는 10여 년간 거금 120만 달러를 들여 우주뿐 아니라 어떤 공간에서도 필기가 가능한 볼펜 개발을 진행한다. 이 소식을 들은 러시아는 우주 공간에서의 필기 문제에 대해 미국과는 전혀 다른 대안을 찾는다. 그들은 어깨를 한 번 으쓱, 하고는 서랍에서 연필 한 자루를 꺼낸다. 그거면 충분했던 것이다. 처음 이 일화를 들은 연필 애호가들은 연필에 대한 자부심(일명 연뽕)을 갖는 단계에서 곧바로 이 이야기가 사실이 아니라는 반론에 부딪히며 러시아인노므스키, 라고 이를 꽉 깨무는 단계로 도약하기 마련이다.

인간을 비롯한 다양한 물질들이 우주선 안을 떠다닌다. 부피가 큰 물질보다 흑연 부스러기가 우주선 운행에는 더 큰 위험 요소가 될 수 있다. 시각으로 통제가 안 되는 소량의 물질은 언제 우주선의 어떤 부분에 가 닿을지 모르기 때문이고, 특히나 흑연은 전기가 너무 잘 통하는 전도성 물질이라서 가루만으로도 자칫 스위치나 전자기기에 합선을 일으킬 수 있다. 이런 이유로 우주선 안에서 연필 사용은 적절치 못하고 러시아의 어깨 으쓱 이야기는 소문에 지나지 않는다는 주장이 제기된 지 어언…. 게다가 스페이스 펜을 개발한 건 NASA가 아니라 폴 피셔라는 사람이었고 미국 피셔(Fisher)사에서 판매했다는 기록도 있다. 그런데! 한국 최초의 우주인 이소연 씨가 러시아 우주정거장에서 그 소문을 아니 그 연필뻥을 듣고 그 일화가 뉴스에까지 나는 해프닝이 있었으니 야, 러시아인노므스키… 진짜, 야….

그런데, 한국의 첫 우주인 이소연 씨가 우주에서 러시아인 우주인에게 그런 연필뻥을 듣는 상황을 구체적으로 상상하면 어쩐지 욕설 단계에서 몇 단계 아래 그저 웃지요 단계로 마음이 내려온다. 나는 우주에 가본 적이 없으니까, 거기에서 연필을 써보지 않았으니까. 흑연 가루가 무중력 속에서 떠다니다가 스위치에 붙어서 파지직 합선을 일으키고 우주선에 비상벨이 울리고 하는 걸 경험할 일이 영영 없을 테니까 우주인 이소연 씨가 나 대신 경험해주길 바랐다. 위험한 시도나 모험을 바란 건 아니고, 우주에서 연필 관련 농담을 러시아인들에게 직접 듣는 정도면 충분했다. 나는 과학에 관심이 많은 인문학 전공자였지만 관심이 있는 것과 잘 아는 건 다른 카테고리라서 우주인 이소연 씨가 실험할 다른 주제들에는 그리 흥미를 느끼지 못했다. 그러니 국제우주정거장에서 '우주에서의 필기'를 실험한다는 소식을 듣고 내가 얼마나 신났겠나. 우주를 향해 연필을 높이 들고 도리도리 춤을 췄다는 건 비밀로 하자(아, 말해버렸네…). 실험 영상 앞에 앉기까지 나는 정말 좋아하는 독일산 빈티지 연필을, 딱 한 자루밖에 없어서 아껴 쓰던 그 연필을 우연히 뉘른베르크 뒷골목 상점에서 한 박스 발견했을 때처럼 두근두근했다.

우주정거장 4일 차, 2008년 4월 13일에 기록된 영상 속 이소연 씨는 중력 차 때문에 약간 부은 얼굴로 편안하게 인사한다. 나는 지구에서 그의 붓고 화장기 없는 얼굴을 반갑게 맞는다. 안녕, 한국 최초의 우주인!(화면 속 그를 향해 손도 흔든다) 무중력 상태의 신체 조절이 쉽지 않은지 그는 자주 프레임 아웃되고, 대신 볼펜과 우주인 엽서를 쥔 손가락이 클로즈업으로 잡힌다. 첫 실험은 일반 볼펜이다. 첫 한두 글자는 써지는 것 같더니 곧 잉크가 나오지 않는다. 화면을 향해 보이는 엽서 위에 '어린이 여러분'이란 흐릿한 자국이 남아 있다. 앞으로 볼펜을 중력의 필기구라고 불러야지. 볼펜을 감싼 이소연 씨의 손가락을 보면서 생각한다. 이소연 씨는 약간 부은 목소리로 차분하게 다음 실험을 진행한다. 스페이스 펜 순서다. 일반 펜 옆에 밸브를 연결하고 그 뒤에 풍선을 달아 바람을 넣어서 잉크가 담긴 관의 공기 압력을 높이는 방식이다. 땅에서 당기는 힘이 없으니 위에서 밀어주는 힘으로 잉크를 배출한다. 스페이스 펜은 성공적으로 작동한다. 볼펜이 남긴 자국 '어린이 여러분' 아래에 스페이스 펜으로 쓴 글자가 또렷하게 남은 걸 지구의 나는 확인할 수 있다. '마음속에 바라는 꿈이 꼭 이뤄지길'. 엽서를 보여주며 이소연 씨가 말한다.

"어린이 여러분들의 꿈과 희망이 꼭 이루어지길 바랍니다."

지구의 아이들에게, 우주의 진심을 담아 하는 말 같았다. 아마도 여전히 제일 가까이 보이는 그의 손 때문이었을 것이다. 어떤 감정이 집중적으로 누적되는 자리. 중력 아닌 새로운 힘을 길들이는 손짓. 이소연 씨는 저 우주에서 한국 최초의 우주인이었고, 처음 지구의 중력을 벗어난 한국의 과학자로서 일하는 여성이었고, 광활한 우주의 미약한 존재로 지구상의 약하고 어린 존재들을 떠올리는 어른이었다. 무중력 상태에서의 필기에는 새 필기구가 필요할 뿐 아니라 지금껏 중력에 길들여진 인간의 손 근육이 다시 단련되어야 한다. 그 과정은 아이들이 태어나 처음 연필을 손에 쥐고 서툰 선 긋기로 자음과 모음을 그려나가는 시간과 닮아 있다. 막 필기를 시작하는 아이들용 연필은 일단 가벼워야 하고, 대개 악력이 약한 아이들 손에 무리가 가지 않도록 2B 이상의 진하기로 만들어진다. 잊고 있었던 그 손들, 삐뚤삐뚤 획을 긋던 그 손이 영상 속 우주인 손과 포개졌다. 누군가는 우주에서 고작 그런 실험이나 한다고 할지 모르지만, 실제로 그런 악플도 많았지만, 인간 기준에서 위대하고 대단한 것들이 우주에서 무슨 의미가 있겠냐고 오히려 반문하는 손이었다. 일하는 손은, 겸손하게 움직이는 손가락은 그런 마음으로 어린이의 꿈과 희망을 이야기했고, 처음 만난 우주의 진심을 보여줬다. 2008년의 나는 어린이도 아니면서, 꿈도 희망도 없었으면서 그 말에 응답했다. 고마워요. 우주를 향해서.

지구의 중력은 인간 존재의 조건이다. 잠시였지만 그 조건을 벗어나 자유로웠을 우주인은 지구로 돌아와 정해진 수순처럼 혹독한 대가를 치렀다. 금기를 어긴 동화 속 소녀들이 삼켜짐과 뱉어짐의 메타포로 성장의 신화를 통과하듯이 늑대 배 속에 들어간 빨간 망토처럼 한국의 중력에 삼켜졌다 살아난 이소연 씨는 이 늑대 배 속 같은 세상과 얼마나 멀어졌을까. 동화 속 안전한 메타포와 달리 정말 죽을 뻔했다가 살아난 그의 손 어딘가에 그래파이트 타투 말고 그래비티 타투가 있을지도 모르겠다는 상상을 한다. 언젠가 그를 만나면 꼭 악수를 청해야지. 그가 보낸 우주의 진심을 수신한 사람으로.

참, 김혼비에게 그래파이트 타투 관련 한국 전문가 최고의 답변을 알려준다는 걸 깜빡했다.

Q 연필에 찔린 상처

일주일쯤 전에 연필에 살짝 깊게 찔렸는데 상처가

까맣게 됐는데 병원에 가야 하나요? 병원 가기 싫어요 ㅠ

답변하시면 내공 10점을 답변이 채택되면 내공 25점을 드립니다.

A 정○○ 의사님 답변

안녕하세요. 대한의사협회 · 네이버 지식iN 상담 의사 정○○입니다.

그냥 놔두세요.

너무 걱정 마세요.

스페인 프리힐리아나의 실비아 씨

"우리가 사랑하는 사람조차 찾지 않아요. 열흘 전에 딸을 봤는데 그게 마지막이 될까 봐 너무 무서워요."

– 마르가리타 이야(64세, 마드리드)

실비아 씨에게

시간이 흐르면서 흐르지 않고 있습니다. 앞으로 올 모든 계절은 더 이상 인간을 위한 게 아닐 거예요. 벌을 받는 기분입니다. 잘못한 것에 비해 너무 심한 벌을요. 이렇게 무작정 편지를 시작하는 무례를 너그럽게 봐주시길 바랍니다. 안녕을 묻지 않으려고, 피할 수 있을 때까지는 피해보려 합니다. 나는 아직도 우리의 불행이 외부로부터 오는 것인지, 내부에서 손을 뻗어 붙잡는 것인지 알지 못합니다. 지금 이 시간을 다만 불행이라 해도 좋을지 역시 알지 못합니다. 모르니까 일단 써보겠습니다.

나는 가끔 특정 시기에 인기 있었던 여아의 이름을 검색해보곤 합니다. 어떤 나라나 언어권의 이름들을요. 1800년대부터 열람할 수 있는 기록이 꽤 남아 있습니다. 모든 시대의 이름 순위를 본 건 아니지만 어느 나라 어느 언어권에서나 실비아는 상위에서 늘 한참 아래에 있는 이름이었어요. 먼 숲에서 온 사람. 실비아에 그런 의미가 있다고 가르쳐준 건 실비아 플라스를 좋아하던 한 친구였습니다. 선뜻 납득이 되었어요. 내가 엄마라도 먼 숲과 연결된 이름은 내가 갖고 싶지, 딸에게 주고 싶을 것 같진 않거든요. 그런데 그 시인은 왜 그런 이름을 갖게 되었을까요? 당신은요? 궁금해하면서 나는 실비아 플라스를 숲의 실비아로, 프리힐리아나의 당신을 나무의 실비아로 부르기로 했습니다.

나는 요즘 질듯 울듯 한 마음으로 당신이 사는 프리힐리아나(Frigiliana)를 구글링합니다. 비현실적으로 아름다운 그곳에는 바다가 있고, 구름이 있고, 골목과 나무의 실비아 당신이 있어요. 당신이 내게 연필을 보내고 받은 우체국 영수증 사진에는 당신의 엄지손가락도 같이 찍혀 있었어요. 자작나무 향이 날 것 같은 엄지였죠. 한국말로 첫째 손가락, 엄지의 '엄'은 '엄마'에게서 온 말입니다. 어떤 아이는 젖이 모자랄 때마다 엄지를 빨았고요. 오래 보고 있자니 당신의 엄지가 조금씩 자라는 것도 같았는데 문득 아, 실례인가 싶어 사진에서 눈을 뗐습니다. 사진일 뿐이었는데 어쩐지 나무의 실비아 당신은 사진에 영혼이 담긴다는 걸 믿는 사람일 것 같아서요. 영혼에는 그게 아무리 작은 조각이더라도 예의가 필요합니다. 이건 그냥 무구하려고 애쓰는 여자들의 다짐이지만요. 당신도 동의할 거라고 뚜렷한 근거도 없이 생각하게 됩니다. 우리는 현실 이상으로 잔인할 필요는 없습니다. 니코스 카잔차키스가 『스페인 기행』(송병선 옮김, 열린책들)에서 쓴 것처럼 "우리는 우리 자신들보다 더 고상한 리듬을 따라야" 해요. 당신은 스페인에 있고(그러리라 믿고), 나는 그 리듬을 느끼며 당신을 떠올립니다.

하루는 당신 엄지를 닮은 사람을 빌딩과 빌딩 사이에서 발견하기도 했습니다. 전화를 받고 있었는데 전화기를 쥔 그의 손등에 도드라진 핏줄 주변으로 저승꽃이 핀 게 보였어요. 스페인어에는 '묘지꽃(flores de cementerio)'이라는 표현이 있다고 들었습니다. 확실하네요. 한국인이 성질이 급해요. 사후 코스에서 엄연히 묘지가 먼저일 텐데, 패스하고 바로 저승꽃이라니. 그런 생각을 하며 내가 그의 묘지꽃을 보고 있을 때, 그는 전화를 하며 가방에서 수첩을 꺼내더니 필기구를 찾는 게 분명한 시선으로 내 손을 바라보고 있었어요. 내가 연필을 손에 쥐고 있었거든요. 아마 무언가를 급하게 메모하느라 꺼내 놓고 다시 필통에 넣기 뭐해서 호주머니에 넣었다 뺐다 했을 거예요. 맞아요. 나무의 실비아 씨. 당신이 보내준 슈반 스타빌로 마이크로(Schwan Stabilo Micro) 8000 세트 중 HB 연필요. 꽁지에 백조 무늬가 그려진 내 연필이, 이전에 나무의 실비아 당신 것이었던 그 빨간 연필이 묘지꽃 품에 안겼습니다. 그 순간 알았어요. 왜 한국은 저승꽃이어야 하는지. 오늘이 너무 힘들면 일찍 잠들어버리고 싶거든요. 힘든 게 다 지나간 후에 눈을 뜨고 싶어요. 저승은 아픈 이별과 번거로운 의식을 다 지난 곳이니까요.

스타빌로 마이크로 8000(한국에서는 줄여서 '마팔'이라고 해요)은 그것에 반해 연필 취미에 입문했다는 간증이 적지 않은, 세계적으로 사랑받는 연필이잖아요. 그만큼 찾아보기 힘들고요. 어떤 이유에서인지 80년대 한국에 열두 자루, 스물네 자루 세트가 다수 수입되었다고 해요. 몇 년 전만 해도 지역의 어떤 문구점에서 이 연필을 발견했다는 소식이 드물게 들려오곤 했어요. 단종된 세트는 독일보다 한국에서 구하기가 더 쉬울지 모른다는 말을 듣기도 했는데 나는 몇 년 동안 좀체 구하질 못했어요. '나는 못했다'에서 '나만 못했다'로 도약하는 게 너무 급하고 치명적일 때가 있습니다. 영혼의 모서리가 찌그러졌거나, 환한 곳을 찾아다녀도 낮은 조도의 기억이 종일 따라다니는 그런 날에는 더욱 그래요. 나만 구하지 못했다는 기분이 마음 깊은 곳 내게만 없는 것들의 방을 두드리면 더더욱 걷잡을 수 없게 됩니다. 그 순간 마팔은 내게 없는 모든 것들이면서, 동시에 그 모든 것들과 맞바꿀 수 있는 가치를 얻습니다. 새벽 4시에 빨간 눈으로 웹서핑을 시작할 만했죠.

처음에는 좀 당황스러웠어요. 한국에도 비슷한 온라인 장터가 있긴 해요. 나무의 실비아 당신처럼 은빛 머리와 그보다 환한 표정의 실물 사진을 올리는 경우는 거의 없지만요. 프로필에는 당신이 학교 선생님이었고 은퇴했으며 스페인 프리힐리아나에 살고 있다는 짧은 정보가 있었어요. 동그란 프레임 안에서 웃고 있는 당신은, 당신의 은퇴가 전 세계 사람들이 따뜻한 선생님을 만날 확률을 낮추는 데 영향을 미치지 않았을까 걱정될 정도로 온기를 전하는 얼굴이었습니다. 그때까지 내가 만난 여성 노인들은 따뜻함과 더불어 떠오르기보다는 웃길 줄 아는 사람들로, 어쩜 저렇게 웃길 수 있을까를 고민하게 하는 사람들이었어요. 반면 당신은 진지한 쪽일 것 같았죠. 채팅창에 글을 올려놓고 5분쯤 기다리자 당신 이름 옆에 초록불이 들어왔어요. 여기는 한국이고, 나는 학생이며, 나만 이 연필 세트를 갖지 못해 슬픔에 빠져 있다고 하자 당신이 대답했어요.

"아, 그래요. 걱정 말아요. 학생이면 가격을 조금 더 낮출게요."

(영어였지만 나는 당신이 내게 존대를 하고 있다고 느꼈어요.)

학생이라고 거짓말한 목적에 부합하는 제안이었지만 막상 당신이 쓴 문장을 읽으면서는 미안해졌어요.

"고맙습니다. 연필 가격은 괜찮아요. 내가 한국에 있어서요. 혹시 국제 배송이 가능한가요?"

"가능은 한데… 한국까지 배송료가 많이 부담될 텐데요."

나는 정말 괜찮았어요. 연필이 단종되기 전 당신이 구매한 세트 가격이 판매가였으니까요. 시간, 선호도, 희소성, 단종 등의 프리미엄이 전혀 붙지 않은 그대로 말이에요. 내가 괜찮다고 여러 번 얘기했지만 당신은 배송비를 줄일 방법을 고민하고 있었습니다. 나도 하지 않는 고민을요.

"이러면 어때요? 내가 아시아 여행을 계획하고 있으니까, 여행 가방에 넣어 가서 직접 전해주거나 한국에서 우편으로 부치면?"

"와, 좋아요. 고맙습니다. 그럼, 언제쯤 여행하실 계획인지?"

나는 흥분하고 있었어요. 몇 문장 오고 갔을 뿐이었지만 나는 갑자기 당신을 열렬히 만나고 싶어졌거든요. 마음이 몽글몽글해지는 것 같았고요.

"음… 아마 2년 후쯤?"

아, 2년 후… 네? 실비아 씨 당신은 영영 모르겠지만 나는 여간해서는 새벽 시간에 나오지 않는 음량으로 "네에?" 하고 말았습니다. 당신이 그때 얼마나 귀엽게 느껴졌는지 모를 거예요. 나는 혼잣말로 '아니, 2년 후면 내가 살아 있을지 아닐지도 모르는데 무슨!' 하고 웃어버렸습니다. 이제는 묻고 싶어요. 당신이 생각한 당신의 2년 후는 어떤 시간이었어요? 당신이 너무 꼼꼼하게 싸서 사방에 칼집을 내야 했던 연필 꾸러미를 받은 지 2년이 흘렀습니다. 그리고 나는 오늘 스페인의 요양원에서 열 명의 노인이 방치된 채 사망했다는 뉴스를 들었습니다.

나무의 실비아 씨.

연필의 나무가 연필을 구성할 때는 심을 단단하게 고정하고 외부 충격으로부터 심을 보호할 수 있어야 해요. 하지만 연필에서 깎여나갈 때 나무는 칼날과 결을 맞춰 부드럽게 움직이고 저항이 덜해야 합니다. 언뜻 모순처럼 느껴지는 이 이상적 조건을 한 나무에 구현하기 위한 노력이 몇 세기에 걸쳐 이어졌지요. 그들 덕분에 나는 강하면서 결이 고운 또는, 단단하게 사라지는 무언가가 세상에 있다는 걸 압니다. 늙음과 사라짐이 쇠약함의 결과가 아니라는 것도 압니다. 당신의 손을 보면서 우리는 이런 이야기를 나눌 수도 있지 않았을까요?

첫 번째 메일은 당신과 닮은 여성의 인터뷰를 본 직후에 썼어요. 연일 스페인의 심각한 상황이 전해졌지만 나는 집에서 꼼짝하지 않는 것으로 해야 할 일을 다 한 듯 굴고 있었습니다. 불안과 두려움에 둘러싸여 일어난 일을 일어나지 않은 것처럼 기만하고 있었고요. "우리가 사랑하는 사람들조차 찾지 않는다"고, "열흘 전에 딸을 봤는데 그게 마지막이 될까 봐 너무 무섭다"던 한 여성의 무너지는 표정을 보면서 나는 이 기이한 시대에 예속된 공통의 슬픔을 느꼈습니다. 다급하게 물은 안부에 당신은 서둘러 답해주었어요. 고맙다는 말을 다른 말보다 폰트를 크게 해서요. 그리고 열흘이 지났을까요? 요양원 뉴스를 듣고 나는 두 번째 메일을 보냈습니다. 당신답을 기다리면서 '스페인, 프리힐리아나, 확진자'를 매일 검색했습니다. 프리힐리아나를 구글 지도에서 펼쳐보고요, 영어와 스페인어를 번갈아 검색창에 넣거나 당신과 처음 연결된 사이트에 가보기도 했습니다. 아직 당신에게선 소식이 없네요.

저런 것들이 사랑의 얼굴인가요. 저렇게 창백하고 돌이킬 수 없는 것들이?

실비아 플라스의 시, 「느릅나무」(『실비아 플라스 시 전집』, 박주영 옮김, 마음산책)의 저 부분만 네 번을 썼나 봐요. 당신이 보내준 연필로, 부적을 쓰는 것처럼요. 숲의 (실비아) 시가 나무의 (실비아) 답장인 것처럼요. 나는 어떤 실비아가 어울릴지 당신에게 묻고 싶었습니다. 내 세례명이 실비아라는 것과 실은 내가 학생이 아니라는 걸 나는 한국에 온 당신을 만나는 날 드라마틱하게 고백할 계획을 정말 갖고 있었거든요. 2년이 이렇게 가까울 줄 알았다면, 서로 마주 보는 일이 이렇게 힘들어질 줄 알았다면 당신과 나, 두 실비아는 좀 다른 약속을 했을까요?

대기하고 대비해야 하는 일에 나는 언제나 최악을 상상하는 버릇이 있고, 그 상상이 나를 지켜왔습니다. 어쩌면 나'만' 지킨 거였을까요? 당신에게서 내게로 온 연필을 손에 쥐고 나는 상상을 유예합니다. 이미 썼잖아요. 우리는 현실 이상으로 잔인해지지 않아도 된다고요. 우리가 주저앉지 않도록 인도하는 그 고상한 리듬에 따르기 위해서 해야 할 일이 있을 거예요. 그러니까요 나무의 실비아 씨, 내가 조금 더 불안한 채로 있어 볼게요. 이렇게 쓰면서 그래 볼게요. 대답해주세요. 안녕한가요?

후기

프리힐리아나의 실비아 씨는 무사하고, 심한 감기를 앓았다고 했다. 그의 소식이 너무 반가운 나머지 눈물로 답장을 쓴 한국의 실비아는 자기 세례명과 진짜 직업을 고백하고 그동안 마팔로 쓴 시를 찍어 첨부했다. 한국어가 무척 아름답네요. 그러더니 나무의 실비아 씨는 최근 한국어 공부를 시작했다.

연필 장례식

"지금까지 지구상에 존재했던 종의 97% 이상이 이미 사라지고 없어요. 인간이라고 영원해야 할 이유가 있을까요?"

이런 이야기를 듣고 쓰고 있으면 마음이 평온해진다. 새벽이고, 혼자일 때. 영원해야 할 이유가 없는 인간은 홀가분하고, 깜빡하거나 놓친 일에 대한 죄책감도 어렵지 않게 지운다. 1분에 세계를 이루는 인간 존재 중 100여 명이 죽는다고, 한 시간이면 6,000여 명이, 그럼 하루면… 이런 생각들은 죽음을 이해하는 데 물론 별 도움이 되지 않는다. 죽음은 "아침이 행복해야 하루가 행복해요" 하는 사람과 "새벽 3시에 행복해야 나를 사랑하기 수월하다"라고 방금 쓴 사람이 어디쯤에서 만날 수 있을까를 생각했을 때 퍼지는 쓸쓸함 옆에 있다. 영원해야 할 이유가 없는 누구도 출생률로 와서 사망률 숫자로 사라지기를 바라지는 않는다. 우리는 '사람과 사람'이어서 한쪽이 사라지면 '과 사람'이 남는다. '과'는 관계다. 그중에서도 사별은 만나지 못하면서 결코 헤어지지도 못하는 이별이고, 만나지 못한 채 계속계속 재회하는 일이라서 우리는 죽은 사람의 무엇으로 계속 살아간다. 겹겹 아픈 이름으로. 아파야 기억을 하니까. 기억해야 새벽 3시를 좋아할 수 있으니까.

삶에 그리 애착이 없던 나도 투병 중에는 새벽에 자꾸 잠이 깼다. 잠들 때는 '이렇게 끝나도 괜찮겠다' 하는 생각을 붙잡았고, 30분 만에 잠이 깰 때는 "아, 아직!" 하는 탄성을 앞세웠다. 그렇게 잠이 깨면 종말 이후 혼자 세상에 남은 느낌이란 게 그리 먼 감각이 아니었다. 보통 새벽 3시. 간혹 앰뷸런스 사이렌 소리가 긴 꼬리로 이어지는 날이면 잠들기가 가장 위험한 일 같았다. 내가 잠들면 누가 나를 보호하지? 불면은 그런 질문과 함께 오곤 했다.

혼자이고, 공기의 흐름이 들릴 정도로 고요하며, 낮에 붙잡고 있던 세상과의 연약한 연결점이 사라진 새벽, 잠드는 게 제일 무서운 일이 되면 나는 거실에 난 작은 창 너머로 언뜻 푸른빛이 돌기 전까지 창을 바라보며 앉아 있었다. 몸이 힘들면 창이 보이는 곳에 이부자리를 펴고 누웠다. 아픈 사람에게는 창이 신전이다. 그저 바라보고 있는 시간이 온통 기도다. 기도는 원래 책상 서랍 속에나 넣어두던 것인데…. 그래서 서랍 정리를 하기로 마음먹었다. 유로화 이전 유럽 각국의 지폐와 동전들, 소속이나 신분을 증명했던 오래전 학생증과 출입증, 절대로 다시 열어보지 않는 여러 통의 연애편지('이런 사람을 만난 불쌍한 나'와 같은 자기 연민을 위해 남겨뒀다)

가 서랍마다 튀어나왔다. 기도보다는 기억, 기억보다는 기복 같던 그것들을 목록으로 정리한 뒤 나 대신 가져가고 챙기고 버려줄 사람들에게 부탁하는 문장을 며칠에 걸쳐 적어나갔다. 말하자면 유서를 쓰고 있던 셈인데 얼마간 나는 내가 그러고 있다는 걸 눈치채지 못했다. 맨 위에 내가 가입한 SNS 아이디와 비밀번호를 적으면서야 알았다. 아, 이거 유서였네.

기복 같은 목록에는 연필들도 있었다. 처음에는 연필을 좋아하는 친구들끼리 사이좋게 나눠 가지라고 썼다. 특정 연필을 좋아하는 친구들이 생각나서 다음 날 문장을 좀 더 구체적으로 고쳤다. 브랜드 상관없이 따로 모아놓은 고양이 캐릭터 연필들은 지나와 웅이 나눠 가져가고(지나가 좀 더 가져), 19세기 후반 연필들은 남들이 잘 못 보는 걸 보고야 마는 소설가 지혜 언니가 간직해줘요. 고가입니다. 4B 이상 진한 연필은 연미 언니가 작업에 써줘요. 흑연을 이용한 신문 매체 작업에 많이 필요할 것 같으니까. 블랙윙(Blackwing) 한정판 연필들은 경서가 가져가서 친구들하고 나눠 가지고. 습자용 연필인 콜린 카키카타(Colleen KAKIKATA)는 글 쓰는 메두사들에게 전달하고, 색연필과 흑연이 각각 연필 양쪽에 들어가 있는 편집자용 연필들은 민정이가 몽땅 챙겨

가서 그거 다 쓸 때까지 책 만들어줘…. 잊은 연필은 (사람이 아니라) 없나 곰곰 되짚어가다가 연필을 남긴다는 게 무슨 큰 의미가 있을까 변덕이 끓어서 문장들 위로 연필 선을 긋고 또 그었다. 선이 여러 번 겹치고 아래위로 서로를 덮어도 흑연색은 완벽한 검은색이 되지 않았다. 죽은 사람의 낯빛이지. 신이 인간 앞에 세운 벽의 색이고, 기억에서 시간을 표백하고 표백하면 결국 남는 색이 아마도 저럴 것이다.

매기 넬슨은 『블루엣』(김선형 옮김, 사이행성)에서 "오래전부터 나는 다가오는 죽음을 밀려오는 파도로 상상했다"라고 했는데 나는 매복하고 있다가 불시에 덮친 죽음만을 안다는 게 문제였다. '밀려오는 파도'는 그나마 순차적이며 대비할 수 있을 정도로 점진적이지 않나. 죽음이 그럴 리 없다고, 하지만 그럴 수 있으면 좋겠다고 생각했다. 앞서 떠난 이들처럼 내가 매복한 죽음에 당하더라도 남은 이들에게 죽음은 파도처럼, 이왕이면 천천한 파도였으면 하고. 나를 연필로 만들어줄래? 나는 새 백지에 그렇게 썼다.

고인의 골분에서 추출한 탄소로 연필을 만드는 연필장(葬)을 제안한 사람은 영국의 디자이너 나딘 자비스라고 알려져 있다. 그가 처음은 아닐 것이다.

인간 몸은 약 18%의 탄소를 포함하고, 화장을 하면 그중 2%가 남는다. 흑연과 다이아몬드 둘 다 탄소 원자로 이루어져 있다는 사실이 앞의 사실과 만나 둘을 연결한 장례 방식을 고안하기까지 그리 대단한 상상력이 요구되진 않는다. 내가 처음 들은 건 다이아몬드장(葬)에 관한 이야기였다. 우선 탄소로 흑연을 만들고, 그 흑연에 높은 열과 압력을 가해 다이아몬드를 만든다. 구체적인 비용과 업체까지 찾아볼 수 있어서였는지(약 488만 원. 매장 비용보다 싸다), 어쩐지 다이아몬드처럼 투명한 욕망이 수요의 증가로 이어질 것 같아서였는지(실제로 수요 급상승 중인 장례 방식) 그다지 호기심이 없다가 이 장례에서 얻는 다이아몬드는 인간 몸의 붕소 성분 때문에 푸른빛을 띤다는 말에 잠깐 마음이 흔들렸다. 아, 바보냐. 내가 다이아몬드가 되면 푸른빛이든 붉은빛이든 볼 수가 없잖아? 그래서 엄마한테 물어봤다.

"엄마, 죽은 사람 유골로 다이아몬드를 만들어 주는 장례 서비스가 있대요."

"엄마 죽으면 만들어 너 가져. 비상금으로 갖고 있다가 힘들면 팔아 쓰고."

팔 수 있는 다이아몬드가 아니라고 굳이 말하진 않았다. 알았다고 했다. 엄마가 물었다.

"혹시 통뼈면 다이아몬드를 더 많이 만들 수 있고 그런 걸까? 알아보고 알려줘. 엄마 운동 열심히 할게."

언젠가부터 엄마가 뭘 '열심히' 한다고 하면 나는 눈물이 났는데, 다이아몬드 많이 만들어주려고 운동 열심히 한다는 말에는 웃음이 났다.

"엄마처럼 귀여우면 다이아몬드 하나 더! 이러면 좋겠다."

엄마를 따라 웃으면서 나는 언제고 엄마가 떠나고 나면 이 대화와 엄마의 웃음이 오래 기억에 남으리라 예감했다. 나를 자기 두 다리 사이에서 길어올린 한 여자가 죽어서 다이아몬드가 되겠다고 파랗게 말하는 장면. 엄마는 다이아몬드가 되세요, 저는 연필이 될게요, 하면 이 장면은 등짝스매싱을 날리는 엄마와 비명을 지르는 딸로 남겠지만.

탄소로 흑연을 만들고, 그 흑연으로 연필 생산 공정을 거치면 그냥 연필이 된다. 연필의 나무 종류를 고를 수 있을지는 모르겠지만 가능하면 까렌다쉬 스위스 우드(Caran d'ache swiss wood)처럼 너도밤나무면 좋을 것이다. 연필에 내 이름과 생몰연도를 각인해서 친구들에게 나눠주는 것으로 마무리되는 연필장이 마음에 들었다. 거기에는 연필 애호가에게 연필장만큼 어울리는 장례가 있을까 하는 단순한 '깔맞춤의 심리'도 작용했다. 유서인 줄 모르고 쓴 유서는 조금씩 구체화되었다.

한 사람의 몸에서 나오는 탄소로 약 240자루의 연필을 만들 수 있대. 240자루는 인간적으로 아니 유령적으로 너무 많다. 나는 친구가 많지 않다. 그냥 딱 열 자루만. 그것도 남을지도. 받기 부담스러워하는 친구도 있을 수 있으니까 죽기 전에 수요 조사를… 거기에서 유서는 멈췄다. 아픈 몸은 자주 멈췄다. 막막하다가도, 기도하다가도, 신나서 유서를 쓰다가도. 대신 시간이 흘렀다. 시간 속에서 천천히 회복되었다가 다시 나빠지기를 반복하던 몸은 그 반복을 기록하는 데에만 연필을 썼다. 반복은 규칙을 만들고 규칙은 중요했다. 내게 무슨 일이 일어나고 있는지 알고 있다는 감각, 최소한을 통제하고 있다는 감각을 유지하려면 규칙을 파악하고 있어야 했다. 아파서 줄곧 아무것도 못 하는 상태보다 투병과 삶이 비균질적으로 섞여 어떤 예상, 각오, 낙관, 두려움의 주기가 제멋대로인 상태가 몇 배 더 힘들었다. 규칙적인 통증이 불규칙하고 비균질적인 평화보다 나았다. 둘 중 선택하라면 통증을 선택할 수도 있을 것 같았다. 어쩌면 우리는 이런 방식으로 우리의 어둠을 사랑하도록 훈련되는 걸까.

투병기와 회복기를 명확하게 가르는 시점이 언제인지 알 수 없다. 그런 게 있기나 할까. 나는 여전히 잘 모른다. 투병한다는 건 회복하고 있다는 것이라고 믿어야 겨우 지나가는 시간이 있긴 했다. 그런 시간들을 오래 지났다. 나는 이제 전혀 아프지 않은 상태나 조금도 불편하지 않고 말끔한 상태가 어떤 건지 기억하지 못한다. 투병이자 회복이었던, 다른 피와 몸의 시간을 통과하며 병이 내게 남긴 건 어딘가 조금쯤은 항상 불편한 채로 살다가 연필이 되겠다는 꿈. 꿈이 이래도 되는 건가, 하면서 나는 다이아몬드와 흑연과 같은 탄소로 이루어진 숲을 떠올렸다. 꿈보다 쉼 같은 느낌으로. 마르셀 그리올의 『물의 신』을 읽다가 연하게 스며들던 그 느낌처럼.

'연필을 아낀다'를 연필 쓰는 사람의 언어로 번역하면 '연필을 즐겁게 자주 쓴다'이다. 손가락 한 마디 정도의 몽당연필이 되기까지 이 세상에서의 소멸을 돕는 방식으로의 아낌이다. 연필들은 천천히 사라진다. 그들을 아끼는 사람들의 손에서. 『물의 신』 속 도곤족들도 그 아낌의 방식을 잘 알았다. 마르셀 그리올의 딸, 인류학자 즈느비에브 칼람 그리

올은 마르셀 그리올이 죽었을 때 이 인류학자의 연구와 글로 세상에 알려진 도곤족이 보여준 정중한 인사를 서문에 남겼다. 그들의 전통 장례 의식에는 지상에서의 노동이 끝났음을 의미하며 고인이 쓰던 괭이를 부러뜨리는 순서가 마지막에 있었다. 그들을 이해했던 한 인류학자에게 이 원시 부족은 그들만의 방식으로 아름다운 소멸을 선언했다. 괭이를 대신해 그들의 이야기를 경청하던 마르셀 그리올의 손에서 떠나지 않던 노동의 도구이자 생의 도구를 부러뜨린 것이다. 그의 연필을.

무엇 되기보다 무엇 되지 않기를 바라는 꿈도 있을 것이다. 보존하지 않고 소멸시킴으로써 아끼는 마음이 있듯이. 나는 유서인 줄 모르고 써온 유서를 버리고 백지에 썼다. 쉼.

추가1. 엄마 뼈 다이아몬드는 통뼈 만들기에 대한 엄마의 확고한 의지가 있어서 좀 더 생각해보기로 했다.

추가2. 친구들에게 배당한 연필 목록들은 여전히 유효하다. 나 죽기 전에는 못 가져간다는 말이다.

2부
연필들

비스와바 쉼보르스카가 『읽거나 말거나』(최성은 옮김, 봄날의책)에서 쓴 적이 있다.

"나는 새를 사랑한다. 그들이 날기 때문에. 그리고 날지 않기 때문에."

연필에 관해서라면 나도 이렇게 말할 수 있겠다.

나는 연필을 쓴다. 그들이 사라지기 때문에. 그리고 사라지지 않기 때문에.

* 이탤릭체로 된 부분은 작가들의 알려지지 않은 작품들에 대한 오마주다. 그들의 삶과 글을 열쇠 삼아 상상해 쓴 문장들이다.

버지니아 울프의 연필

— 딸들은 다시 혼자 걸으며 자란다

그 여자가 다시 모습을 드러낸 건 어느 겨울날 해 질 무렵이었다. 4시와 5시 사이 태양이 우울한 철학자처럼 운명을 흐리는 시간. 아침부터 그때까지 열심이었던 내면의 수비수가 어쩔 수 없다는 듯 목구멍과 위를 잇는 통로를 막고 쓰러져버린 시간. 엄마를 불러서 엄마를 잃은 것 같은 그 시간에 체한 표정으로 거리에 출몰한 그 여자의 이름은….

런던에 머문 적이 있다.

2년여 체류 기간을 떠올리면 좁은 골목의 얇고 뾰족했던 어둠이 먼저다. 나는 그 어둠을 하나의 외적 사건으로 기억하려 애썼다. 영혼 없이 처리할 수 있는 사무의 범위 안에서. 이제는 어느 정도 뭉툭해진 그 어둠에 대해 그래도 여전히 잘 말할 자신은 없다. 칼보다는 총. 만약 고를 수 있다면 그렇다고, 기회가 될 때마다 말한 보람도 없이 총이 아닌 칼이 내 목에 닿았던 시간은 1분 혹은 2분. 어쩌면 불과 몇 초였을 수도 있다. 칼을 쥐지 않았던 손이 어떻게 움직였는지는 거의 기억나지 않는다. 마크는 그 일이 있고 2주 동안 매일 내 작은 방에 와서 나를 먹이고 살폈다. 몇 번 원근법이 뭉개지고 현기증에 시달렸지만(지금 생각해보면 공황 증상이었다) 나는 그 친구 덕분에 비교적 무감하게 2주를 보냈다.

무감에서 실감으로 나아가는 것처럼 볕이 닿는 부위가 유독 따끔따끔했던 날, 마크와 나는 집에서 멀지 않은 골동품 상점 거리를 걷고 있었다. 2주 만의 외출이었다. 마크는 내게 외출 기념으로 마음에 드는 걸 골라보라고 했다. 나는 "별로"라는 즉답을 가까스로 피했다. 그는 내가 그만두라고 강하게 말하기 전까지 그 골목 주변을 매일 몇 바퀴씩 돌면서 내가 묘사한 인상착의의 놈을 찾아다녔다. 놈을 잡을 목적보다는 나를 안심시키려고 그러는 것 같았다. 기죽지 마. 내가 가르쳐준 한국말을 마크는 곧잘 흉내 냈다. 헤어질 때마다 그가 인사 대신 하는 그 말은 엄마 것이었다.

엄마는 공항에서 밥 잘 챙기라거나, 공부 열심히 하라는 말 대신 "기죽지 마. 알았지?" 하고 나를 안았다. 나는 기죽지 않았다. 영어를 못해도, 따라잡아야 할 공부가 까마득했어도, 매일 밤 줄일 수 있는 식비를 계산하면서도. 진짜 기죽고 몸이 짜부라질 것 같은 일들은 한국에 남겨놓고 도망쳤다는 걸 나는 알았다. 이제 정말 혼자가 된 엄마도 그런 일들 중 하나였다. 내가 런던에서 마주친, 길에서 혼자 울며 걷던 여자들은 하나같이 엄마를 닮아 있었다. 그들에게서 황급히 등을 돌리면서 그러니 다 괜찮다 하고, 괜찮아야 한다 하고 쿵쿵 힘주어 살았다. 하지만 그날 이후 시공간이 멋대로 섞이면서 인물이 자기 기억과 감각을 신뢰하지 못하는 영화를 반복해서 보고 있는 것 같았다. 나는 나에게도, 신뢰할 수 없는 목격자였다. 기죽지 마. 그러기 쉽지 않았다.

내가 가리키는 좌판 모서리에서 연필 박스를 집어 들고 주인은 '이게 왜 여기 있지?' 하는 표정이었다. 그레이트 브리튼(Great Britain)이 각인된 영국산 연필은 처음이었다. 내가 발견했고, 마크가 흥정했다. 1920년대에 생산된 것으로 추정되는 로열 소버린(Royal Sovereign) 빈티지였다. 2000년대 인간 앞에 1920년대 연필이 그렇게 모습을 드러내는 순간에는 잠깐이라도 사물과의 인연에 대해 믿게 된다. 빈티지한 레드의 육각 연필은 상자 속에서 먼지를 뒤집어쓰고도 매력을 잃지 않았다.

마크는 로열 소버린이 나폴레옹 전쟁 때 승전보를 울리던 영국의 유명한 군함 이름이기도 하다면서 내게 정말 갖고 싶냐고 세 번이나 물었다. 아무래도 상관없었다. 어쩌다 떠오를 때마다 살의로 전율하게 되는 전 애인의 이름이었다 해도 '알게 뭐야'

였을 것이다. 따지고 고르고 거르고 할 힘도, 의욕도 없었다.

마크는 주인이 대강 신문으로 둘둘 말아서 준 연필을 내게 건넸다.

"알잖아. 내 목에 칼을 댄 건 동아시아인이었어."

침묵이 흘렀다. 보통 약자 쪽이 침묵을 견디기 힘들어하지만 분위기를 반전시켜야 한다는 책임감에 눌린 사람도 그렇다. 마크는 나도 아는 자기 백인 친구 얘기로 침묵을 깼다.

"루크가 얼마 전에 먼 아시안 친척이 있다는 걸 알게 되었대. 엄청 흥분해서 떠들더라."

"어떤 면에서 흥분했다는 거야? 설마 1세계 백인 남성의 친족 확산이 평등한 사랑으로 이루어졌을 거라 믿는 건 아닐 테고."

그에게 선물도 받았고 그동안 고마운 것도 적잖게 쌓여 있었지만, 어쩌나. 이건 삶의 의욕 영역이 아니라 반사 신경 영역이다.

"음, 아니, 나도 어쩐지 핏줄이 이어진 듯한 아시아인 친구가 있다고 루크에게 말했다는 얘기를 하려던 거였는데…."

"아, 미안."

"아니, 내가 사과할게. 제국주의 게이의 한계지."

그가 웃었다. 짧은 사이 뾰족하게 화가 났다가 그의 웃음에 너무 안심이 된다는 게 당황스러웠다. 해가 지고 있었고, 그가 화가 나서 나를 두고 혼자 집에 갈까 봐 일순 두려웠던 걸까. 그런 생각이 들자, 영국산 연필을 사준 사람은 네가 처음이고, 평생 기억에 남을 거라는, 마크가 들으면 금방 마음이 풀릴 그런 말들을 진심이라도 하고 싶지 않아졌다. 대신 시간만이 만들 수 있는 붉은색과 금색으로 새겨진 각인과 올드 스타일 서체가 특이하다고 말했다. 그렇게 집까지 오는 길에 연필 이야기만 했다. 얻은 게 없진 않았다. 마크도 연필을 좋아하고 모든 과제의 초고는 연필로 쓰는 버릇이 있다는 걸 알게 되었으니까. 헤어지면서 내가 물었다.

"로열 소버린 한 자루 가질래?"

그날, 마크는 내 기대와 다르게 열두 자루 중 한 자루를 사양하지 않고 가져갔다. 아마도 그래야 내가 나머지 열한 자루를 모셔두지 않고 편하게 쓸 거라는 배려에서였을 텐데 하루 이틀 지나면서 나는 나대로 좀 곤란한 마음이 생겼다. 지금은 다 식은 수집가의 피가 여전히 뜨거웠던 시절, 나 나름의 수집 규칙과 우선순위가 있었다. 대표적으로 '한 자루 or 한 타' 규칙. 구하기 힘든 빈티지 연필은 가능한 두 자루를 구해서 한 자루는 실사하고(실제 사용하고, 주: 슬기로운 연필생활 사전), 한 자루는 수집용으로 남긴다. 소장 가치는 있지만 실사용 연필로 매력이 없을 경우에는 한 자루 혹은 한 타를 구입해 사진을 찍고 보관함 안쪽에 넣는다. 수집용으로 남긴 연필 한 자루의 의미는 열두 자루 한 세트를 가리키는 '한 타'의 가치와 종종 맞먹는다. 이쯤에서 연필 수집은 무조건 한 타가 기준이라고 주장하는 한타주의자들과 연필테크(연필+재테크)주의자, 소수의 패키지러버들의 반발이 예상된다. 진정하시라. 뭐든 자기 상황에 맞춰 즐기는 게 제일 좋다는 취미의 기본 규칙에서 연필도 예외는 아니다. 누구나 한 타 가격을 부담 없이 지불할 수 있는 것도 아니고, 그걸 다 보관할 공간이 있는 것도 아니니까.

그러나 내 손에 열한 자루의 연필이 있을 때는 규칙이 달라진다. 나는 한타주의자가 아니지만, 연필테크주의자도 아니지만, 패키지러버는 맞지만, 열한 자루를 한 자루만 남기는 것과 열한 자루를 한 타로 만드는 것 사이에서 고민하는 건 바보짓이라는 걸 알고 있다. 그 마지막 한 자루, 돌연 내 열정의 대상으로 부각된 그 한 자루가 시간이 지날수록 눈에 밟힌다면 어떻게 해야 할까. 적어도 그 한 자루가 눈치 없는 친구 손에 있는 경우에는 어떻게 해야 하는지 나는 알고 있었다. 아니, 그냥 해본 말이었는데 그걸 진짜 그렇게 홀랑 가져가냐?

> (…) 거리를 거닐어야겠다는 욕망이 퍼뜩 떠올랐을 때 우리는 연필이 할 일을 구실로 일어나면서 말한다. "연필 한 자루를 꼭 사야만 해." 마치 이를 핑계 삼아 겨울에 런던의 삶에서 가장 큰 기쁨을 안전하게 탐닉할 수 있는 것처럼.

버지니아 울프의 에세이 「거리 출몰하기: 런던 모험」(『끔찍하게 민감한 마음』, 양상수 옮김, 꾸리에)은 "연필 한 자루를 향한 열정을 느껴본 사람은 아무도 없을" 거라는 확신으로 시작한다. 글의 첫 문장부터 '저기, 이의 있습니다!' 하기도 쉽지 않은데 울프의 에세이가 딱 그랬다. 1927년이라면, 특히 여성 사이에서라면 저 확신은 수월하게 공감을 얻었겠지만 지금 저 문장을 내가 아는 몇몇 연필 커뮤니티에 던져 놓으면 순식간에 고양이 앞의 츄르가 될 것이다.

연필 한 자루를 향한 열정은 돌연한 면이 있었다. 갑자기 무섭게 도는 식욕을 느낀 사람처럼 나는 로열 소버린의 유독 두껍고 단단한 종이 박스를 쓰다듬었다. 납작하고 날카로운 어둠과 칼 말고 다른 이미지를 이렇게 오래 붙잡고 있는 게 얼마 만인지, 좀 치사하지만 마크에게 호소해봐야지. 마크는 도서관에 있었다. 목소리가 들떠 있는 게 좀 불안했다.

"집이야? 참, 로열 소버린 좋더라. 벌써 반 정도 썼어."

이 초콜릿 다 빠진 홈런볼 같은 놈. 나는 빈티지 연필을 팔면서 박스에 볼펜으로(!) 낙서를 해서 보내거나 종이 박스를 뽁뽁이 없이 포장하는 판매자의 무신경과 부적절한 태도에 분노할 때처럼 그가 빼간 한 자루가 반 토막이 되었다는 소식에 분노했다. 기어코 네가 나를 버지니아 울프의 후예로 만드는구나.

필요한 건 단 한 자루, 바랜 빛의 한 자루. 일단 나는 연필을 찾아 나서기로 했다. 살아서, 혼자, 일상을 재조립하고 싶다는 강한 열망이 연필 한 자루로 옮겨 간 거라면 그것대로 좋았다. 기죽지 마. 마크는 또 그렇게 인사했다. 그거 우리 엄마가 한 말이야. 사과할 일이 아니었는데 마크는 미안하다고 했다. 착한 놈. 끓어!

마크가 알려준 상점 거리를 향해 걸었다. 런던의 겨울, 4시면 일몰의 기운이 감돌았다. 남성 동행 없이는 여성이 자유롭게 거리로 나올 수 없었던 1927년, 연필 한 자루를 용기 삼아 거리로 나선 울프가 내 앞에서 걷고 있었다. 나는 좁고 날카로운 어둠이 위협하는 골목들을 지났다. 그날 그 골목에서 극한의 두려움과 긴장이 지나자 나 혼자여서 차라리 다행으로 느껴지며 홀가분했던 순간이 있었다. 하지만 그 어둠이 날카롭게 나를 겨누던 순간에 떠올랐던 엄마. 엄마만은 마음에 또 몸에 걸렸다. 지구 반 바퀴 떨어져 있던 엄마는 배꼽이 당기는 느낌으로, 경고로, 울음으로 계속 내 곁에서 엄마 일을 했다. 버지니아 울프는 열세 살에 사망한 엄마에게 마흔넷까지 사로잡혀 있었다던데. 그게 무슨 의미인지 어떤 딸들은 이해할 것이다.

근 3주 만에 나는 서서히 어둠이 내리는 거리를 혼자 걷고 있었다. 믿거나 말거나 연필 한 자루 때문이었다.

다와다 요코의 연필
— 펜슬과 엠피츠 그리고 블라이슈티프트

세로로 길게 뻗은 직사각형 공간, 한 뼘 높이의 단상에서 일본어가 모국어인 사람이 질문에 영어로 대답하고 있었다. 영어는 다시 한국어로 통역되고, 한국어는 다시 영어로 그에게 전달되는 과정이 여러 번 반복되었다. 흡사 언어가 주인공인 잘 짜인 역할극을 보는 것 같았다. 극이 진행되는 두 시간 남짓 그 공간에서 가끔 나비가 팔랑, 물고기가 꿈틀 했다. 단상 위 언어극의 주인공은 독일에 체류하는 일본인 여성 작가, 다와다 요코였다. 그의 처음 발화언어가 영어로 다시 한국어로 또 영어로 옮겨질 때마다 떨어지던 부스러기가 스르르 나비와 물고기가 되던 그곳에서 나는 '결락'이란 말을 다시 배웠다.

작가와의 대화가 끝난 뒤 '나비와 물고기의 시간'이라고 연필로 힘주어 쓴 노트 페이지 아래에 다와다 요코의 서명을 받았다. 그가 필기구를 갖고 있지 않아서 내 연필을 건넸다. 연필깎이 입사식(入社式)으로 유명한 일본의 대표 문구 브랜드 미츠비시사의 하이 유니(Hi-uni) 연필이었다. 몇 년 전 우연히 독일에서 만났을 때도 그에게 펜이 아닌 연필을 내밀었던 기억이 있었다. 그때와 같은 연필이었다. 내가 내민 건 연필이었지만 그가 '펜슬', '엠피츠' 혹은 '블라이슈티프트' 중 어떤 것을 받았을지는 알 수 없었다. 혹시 건네고 받는 그 짧은 순간 그 모두가 밀고 당기며 그의 머릿속도 나비와 물고기로 가득 찼을까.

19세에 혼자 시베리아 횡단 열차를 타고 독일에 도착한 그는 일본어로 엠피츠였던 연필이 독일어 블라이슈티프트로 바뀌면서 자신과 사물의 관계가 강력한 언어적 관계였음을 자각한다. 그 경험이 담긴 그의 글을 나는 좋아했다. 그의 언어 경험 속에서 엠피츠와 블라이슈티프트는 완전히 다른 사물이었다. 나에게는 연필과 블라이슈티프트가 그랬다.

남산도서관에서 독일문화원까지 이어진 길은 한글 서적이 가득한 육지에서 조그만 섬 같은 독일어의 세계로 연결되는 항로였다. 어쩌다 시작한 한 사람과의 연애가 그 길을 걷던 시기와 겹쳤으므로 그 항로에서 나는 자주 멀미를 했다. 독일어 공부에 뒤늦게 목표 비슷한 것이 희미하게 생긴 건 그 연애 때문이었다. 독일어가 느는 속도나 양상이 연애의 그것과 이상하게 연결이 되었다.

연필을 내게 선물한 연애 상대자가 그만은 아니었다. 하지만 그처럼 내가 어떤 연필을 좋아하는지, 어떤 연필을 즐겨 쓰는지 끝까지 몰랐던 사람은 드물었다. 그는 현재 생산되고 있는 연필 중 가장 고가인 그라 폰 파버 카스텔(Graf Von Faber-Castell) 브랜드의 연필 라인 전부를 내게 선물했다. 선물이 질문과 같아서 하는 사람에 대한 정보를 적잖게 드러낸다고 할 때 그는 꽤 투명한 편이었다. 헤어지고 나서는 더 그랬다. 살면서 연필 선물을 한두 번 받은 게 아닌데 뭐가 그렇게 달랐을까. 그로부터 내게 온 연필들은 자기 세계 밖의 삶을 상상하지 못하는 이들의 해맑은 무지와 악의처럼 도무지 나와 좋은 관계를 맺지 못했다.

"독일어로는 연필이 남자야."

"그게 무슨 말이야?"

"블라이슈티프트. 독일어로 연필은 남성명사거든."

그는 그게 무슨 문제가 되냐는 표정으로 나를 바라봤다. 내 여자 친구들 대부분이 지겹다는 표정을 지었던 것과는 대조적인 반응이었다. 친구 중 하나는 이해가 안 된다는 표정을 더했다.

"아니, 그런데 왜들 그렇게 연필을 여성으로 의인화 못 해서 난리야?"

연필에 관한 젠더메타포(성별화된 은유)의 대표적 글로는 하루키 에세이가 있었다(벌써 친구들의 아름다운 아우성이 들린다). 취향에 맞지 않는 하루키나 파울로 코엘료의 글 중 연필이 등장하는 부분을 굳이 찾아 읽은 나의 연필 덕심 때문에 모르고 살아도 좋을 친구들에게까지 불쾌함이 뻗친 것이라 나는 자주 사과했다. 하루키가 "F 경도의 연필은 세일러복을 입은 여학생 같지 않나요?"라는 말을 들은 후부터 연필을 쓰려고 할 때마다 세일러복을 입은 여학생처럼 보이는 곤란함을 표현한, 연필과의 상상의 대화는 이렇다.

"이번엔 어디, 널 한번 써볼까."

"꺅. 싫어요. 거짓말이죠!"

여기까지도 충분히 괴로운데 에세이에는 삽화도 있다. 세일러복을 입은 여학생 모습으로 그려진 연필 위 말풍선의 대사는 이렇고.

"아이, 싫어요. 무라카미 씨."

(삐- 삐삐삐- 삐삐- 삐삐삐- 이 에세이는 아무튼 분노위원회의 욕설 심의에 관한 규정을 준수합니다.)

다와다 요코가 하루키의 연필 에세이를 읽었는지는 모르겠다. 먼 땅의 이방인으로 그전까지는 성이 없던 엠피츠가 돌연 남성인 블라이슈티프트가 되는 경험을 하는 것과 엠피츠가 여성이 되어서 "아이,

싫어요" 하는 글을 읽는 경험을 피할 수 없는 것 중 어느 쪽이 더 힘들고 괴로울지 굳이 알고 싶지는 않았다. 어느 쪽도 괜찮다고 말할 수는 없었다. 사물을 의인화할 경우 의도하든 의도하지 않든 투영되는 권력관계가 있다. 약자에게는 그 관계가 현실 자체이기 때문에 조금도 재밌지 않았다. 우리는 모든 것에 웃을 수 있지만 모든 사람과 같이 웃을 수는 없다.

마주 보고 웃기 힘들어지면서 연애도 끝이 났다. 독일어 공부가 정체기를 맞을 때쯤이었다. 독일어로도 여전히 나를 표현하기 힘들어서 연애가 끝난 건지도 몰랐다. 선후 관계는 분명하지 않았다. 연애가 역할극이라면 내 역할은 모어로도 독일어로도 자기를 표현할 수 없는 '언어 부재'였고, 그의 역할은 대량 생산형 '자기 연민'이었다. 그런 자기 연민에는 대항할 수 없어서 나는 아무것도 쓸 수 없었다. 쓸 수 없어서 솔직하지 못했다. 자기 연민 폭발하는 식민지 남성 룸펜과 살면서 가정을 돌보던 여자의 마음을 불시에 이해할 수 있을 것 같았다. 여자가 한숨만 쉬어도 자기 연민으로 폭발하는 남자에 대항할 수 있는 언어는 없다. 너와 나는 다르다. 연필과 블라이슈티프트가 다르듯이. 그렇게 끝낼 수 있었으면 좋았을 것이다. 연애의 시작, 그 순수한 발견의 시점에서 지독하게 다름의 순간까지를 한 문장으로. 너와 나는 다르다. 대신 나는 고가의 남성 블라이슈티프트를 세일러복 입은 여학생 이미지의 잔상과 함께 상자에 넣어 침대 밑 어둠 속에 격리했다. 상자 안에 무언가를 더 넣어야 할 것 같았는데 불현듯 나를 넣고 싶은 거구나 깨달은 건 며칠 후 그와 힘든 통화를 하고 나서였다. 끝이 아름다운 건 연필뿐이다.

마지막 독일어 수업이 끝나고, 나는 독일문화원에서 남산도서관까지 천천히 걸었다. 그리 길지 않은 길 위에서 그와의 기억이 발에 채었다. 김밥을 나눠 먹었던 나무 벤치 옆으로 쓰레기가 나뒹굴고 있었다. 이전 연애에서도, 전전 연애에서도 내가 그리워하는 장면은 이상하게도 누가 부르고 누가 답하는 순간이었다. 누구야, 부르면 응, 하는 순간. 거기 있냐, 여기 있다로 충분한 순간. 서로의 이름이 감정이 되는 순간. 그랬는데, 어지럽게 뒹구는 쓰레기를 쓰레기통에 버리면서 애써 떠올려봤지만 생각이 나지 않았다. 내가 그를 어떻게 불렀는지. 도무지. 나는 독일문화원을 향해 고개를 돌렸다가 남산도서관 쪽으로 조금 더 걸었다. 뭔가 떨어뜨린 사람처럼 고개는 계속 숙인 채였다.

어쩐지 블라이슈티프트 세계에서 연필의 세계로 돌아가는 것 같기도 했다. 몇 개월 전 남산도서관에서 독일문화원을 향하던 그 길 위에서 나는 조용조용 바라는 게 있었다. 그게 다른 언어를 습득하는 것이었는지, 아니면 모어로부터의 자유였는지, 그도 아니면 새로운 연애였는지 꼽을 수 없는 건, 애초에 그 셋이 분리되지 않는 것들이어서일까? 그렇다면 셋의 실패는 예견된 일이었을지도. 블라이슈티프트의 세계와 멀어지면서 동시에 연필의 세계와 서서히 가까워지는 게 그 실패를 확인하는 걸음인 것 같았다.

연필에서 블라이슈티프트의 세계로, 그리고 다시 그냥 연필의 세계로 돌아오면서 어떤 세계의 전환을 통과한 듯했다. 그래서 한결 편안해졌냐 하면 그렇지 않았다. 그보다는 둘 사이에서 길을 잃고 혀가 몇 갈래로 갈라지는 느낌이었다. 나는 독일문화원과 남산도서관 사이에 어중간하게 멈춰 섰다. 연필, 엠피츠, 블라이슈티프트… 오래 걸리지 않아 나는 다와다 요코가 엠피츠와 블라이슈티프트 사이에서 진동하면서 스스로 이방의 자리를 마련하고 한 말을 이해했다.

내 입에서 나오는 대부분의 단어는 내 감정과 딱 맞아떨어지지 않았다. 그때 나는 모국어에도 역시 내 마음과 딱 맞아떨어지는 단어가 없다는 것을 알게 되었다.

- 다와다 요코, 『영혼 없는 작가』
(최윤영 옮김, 을유문화사)

나는 가방 안에서 연필을 꺼내 손에 쥐었다. 낯설었다. 처음 보는 무언가가 내 손안에 세상에서 제일 짧은 경계선처럼 놓여 있었다. 이 사물을 어떻게 불러야 할지 난감했다. 나무이고, 흑연에 물과 점토를 섞어 불에 구우니 물이고 흙이고 불인 이것. 금속 페룰까지 날렵하여 쇠금이기도 한 이것은 무엇일까. 부를 이름이 없어 나는 결국 아아, 모르겠다 하고 울었다.

연애는 끝났고, 어떤 언어들은 마음처럼 하릴없이 부서졌다. 내가 나를 견디며 살아가듯 부서진 언어들도 나비나 물고기가 되어 세계를 견디고 있다. 춤을 추면서. 그것들을 두 손으로 그러모아 조심조심 종이 위에 놓아주면 시가 될지도.

최윤의 연필

— 연필이 연필이기를 그칠 때

1999년 12월에 출간된 최윤의 소설집 『열세 가지 이름의 꽃향기』(문학과지성사)에 수록된 단편 「파편자전: 사물이 영향을 미치는 몇 가지 방식」에는 '톰보우 연필'이란 소제목을 단 짧은 챕터가 있다. 나는 약 일곱 페이지 분량의 그 글을 여러 번 읽으면서 2000년대를 맞았다. 연필 애호가라면 싫어하기가 더 힘든 톰보우 연필보다 최윤이 쓴 그 글이 조금 더 좋았고, 한국 작가가 쓴 연필 관련 산문 중 가장 빨리 마음을 뺏겼다. 도입부의 "연필은 어딘가에서 어디로 가는 다리다"라는 문장부터 그랬다.

'톰보우 연필'은 짧은 이야기지만 신기하게도 내 경험들과 연결되면서 결말까지가 자꾸 지연된다. 시대는 1960년대 말, 열 살 여자아이 H가 지금까지 자신이 써왔던 연필과는 너무도 다른 짝꿍의 톰보우 4B 연필을 발견하면서 이야기는 시작된다. 10년 인생이 지루하기 짝이 없었던 H는 평범한 모양이지만 나무 둥치로 만든 검은 다리를 닮은 그것 때문에 처음으로 욕망하고, 계획하고, 실천하기에 이른다. 그 과정에서 이전까지 흐리고 막연했던 세상에 갑자기 "톰보우 연필을 가질 수 있는 아이와 없는 아이, 가질 수 있는 아이들이 사는 동네와 그렇지 못한 아이들이 사는 동네" 등으로 구체적인 구획이 그어진다.

연필 한 자루가 같은 반 아이들을 어떻게 나눌 수 있는지 H의 시선을 따라가다 보면 자연스럽게 소유 욕망과 경제, 계급, 재능의 불평등함에 닿는다. 열 살의 아이에게 그 모든 문제를, 그 문제들의 연결성을 자연스럽게 가르친 것이 톰보우 연필이었던 셈이다. 무엇보다 H는 지루함을 견디는 방법을 아는, 그리는 아이였다. 60년대 말이면 국산 연필의 호시절이긴 했지만 지금과 비교해 연필의 나무가 쉽게 갈라져 심이 잘 부러지고, 종이를 긁는 느낌이 거친 연필이 대부분이었을 것이다. 그림을 그리는 아이가 그런 연필들 사이에서 처음 톰보우 연필을 만난 거라면 그 흥분과 신남을 상상하기 어렵지 않았다. 한 자루의 연필이 하나의 신세계가 된다. 진짜다. 아이의 세계는 이제 톰보우 이전으로 절대 못 돌아간다. 연필 한 자루로 인해 그리는 여자아이 H의 욕망은 맹렬해진다.

모든 문단과 에피소드를 언급하고 싶은 걸 참고(작품을 읽을 분들이 '눈마술' 부분을 나처럼 좋아하길) 마침내 H가 톰보우 연필을 소유하게 되는 장면으로 넘어가면 거기 한 죽음이 기다리고 있다. 그 갑작스러운 죽음이 H에게 톰보우 연필을 안기는 뜻

밖의 전개에 나는 힘이 좀 빠졌는데 곧이어 결정적인 문장이 고양이처럼 다리 사이를 쓰윽 지나갔다.

"그때 톰보우 연필은 톰보우 연필이기를 그쳤다."

고양이 꼬리 같은 '그쳤다'였다. 곧 연필이 연필이기를 그쳤던 내 다른 순간들이 하나둘 떠올랐다. 몇몇 순간들은 조금 긴 이야기로 이 책에 실릴 것이고, 이미 당신이 읽었을 수도 있다. 남은 건 내 이마에 붙어서 다른 이야기를 기다리는 중이다. 다시 세상이 구체적으로 존재할 수 있도록 다리를 만드는 이야기들을. 이마에는 2차 세계대전에 참전한 오스트레일리아 부사관들이 배급받은 문구 세트를 만난 순간도 붙어 있다. 세트에 들어 있던 연필 두 자루를 나는 소중히 여긴다. 전쟁은 한 번도 제대로 기록된 적 없으나 가장 강렬하게 기록된 역사로 오해하기 쉽다. 전쟁의 기록은 전쟁 중 사망한 이들과 또 다른 전장이 된 가정을 지키던 사람들의 목소리를 포함해야 한다.

2차 세계대전 문구 세트에는 지도와 편지지도 포함되어 있었다. 전쟁 중 생산된 연필들은 쉽게 구별이 되었다. 물자 부족과 수송 수단 부족 문제로 보통 금속으로 만들어지는 페룰 부분을 플라스틱이

나 종이로 대체했기 때문이다. 아예 지우개가 달리지 않은 연필로 디자인이 바뀌기도 했다. 그게 뭐 얼마나 도움이 되었을까 싶지만 나무와 흑연의 낭비가 심하다는 이유로 기계식 연필깎이 사용을 법으로 금지하던 시절이었다.

내가 만난 전쟁 배급품 연필에는 지우개도, 각인도 없다. 페인트칠은 코팅 없이 얇게 이루어져 전장에서 비를 맞거나 손을 몇 번 타면 나무가 그대로 드러나게 생겼다. 이베이 판매자는 이 문구 세트가 어머니 소유의 물건들 중 하나이며, 유품을 일괄 정리하기 위해 내놓는다고 했다. 세트에 포함된 연필은 원래 네 자루였는데 두 자루는 참전 시에 사용한 것 같다는 설명이 뒤따랐다. 나는 전쟁 중에 한 여군이 '나는 살아 있어요, 보고 싶어요. 돌아갈 때까지 건강해요' 이외에 어떤 이야기를 쓸 수 있었을까 상상했다. 세트에는 지우개가 없었다. 지울 수 없다면 연필은 펜과 다를 바 없이 신중하게 다뤄진다. 전쟁터에서 가족에게 또 사랑하는 이에게 고치지 못할 편지를 썼을 한 여성을 거듭거듭 상상하다 보면 연필은 연필이지만은 않았다.

한 여고생이 연필로 쓴 1959년, 1960년 일기장

을 본 건 역사박물관에서였다. 일기장에는 1960년 4.19혁명 당시의 상황이 상세히 그려져 있었다. 그 혼란과 파괴의 시대를 살아낸 목소리는 진중하고 당당했다. 필압이 느껴질 것 같은 노트의 글씨체도 그랬다. 혁명 당시 여고생이 쓴 연필은 최윤의 '톰보우 연필'에서 H가 톰보우 연필을 만나기 전에 쓰던 문화연필이었을지도 모른다. 남은 건 여고생이 고유한 필적으로 꼼꼼하게 적어 내려간 혁명의 과정이었고, 아군이자 조력자로서 기록 당시 그의 곁에 가장 가까이 있었을 연필은 그게 어떤 연필이었든 홀연히 그냥 연필이기를 그쳤을 것이다.

나는 그냥 알 수 있었다. 쓰고 기록하는 여성들에게 연필은 그랬다. 군사독재 정권 치하에서 수감된 여기자들이 자신만이 할 수 있는 기록을 이어가고 중요한 정보를 신문사로 유출할 수 있었던 건 어떤 교도관이 몰래 넣어준 몽당연필 덕분이었다는 회고록 속 연필들도 마찬가지였다. 그때의 몽당연필은 영화 〈라이프 오브 파이〉에서 파이가 표류하며 마지막의 마지막까지 쓰다가 남은 것과 같이 손가락 한 마디도 안 되는 길이였다고 했다. 몽당연필을 손에 쥘 때마다 죄수복이 떠오르는 건 그래서다. 군사독재 시절 여자 미결수는 연두색을, 사형수는 보라색

죄수복을 입었다는데, 흑백사진 속 그들은 모두 흑연색이다.

오래전 어떤 사건 피해자들의 대리인으로 입장문 작성을 위해 피해자들의 조각글을 정리하면서 그런 생각을 한 적이 있다. 이건 어떤 느린 마음들을 기다리는 일이다. 독촉할 수 없는 마음들을 기다리면서 그들과 나를 지키는 일이다. 연필은 그런 기다림에 좋은 동행임을 그때 알았다. 그들이 정말 하고 싶은 말이 연필을 만나기까지는 시간이 필요했다. 그리고 마침내 피해자가 그건 범죄 사건이었지, 사랑이 아니었다고 쓸 때. 매일 아침 죽고 싶다고 쓸 때. 너를 죽이고 싶었다고 더는 망설이지 않고 쓸 수 있을 때. 가해자의 변명을 보도하지 말라고 분노하며 쓸 때. 그들 손에 밀착되어 있던 연필은 연필이지만은 않았다.

"손을 많이, 잘 그렸"던 H는 손을 그린 그림 중 하나를 짝에게 주고 대신 톰보우 연필을 빌렸다. 검고 기름지고 두터운 질감을 가진 톰보우 연필로 H가 그은 선들이 무언가를 들거나 쥐거나 받치거나 받들고 있는 손이 되어가는 과정이 눈에 선하다. 왜 하필 손일까 하는 의문은 자연스럽게 풀린다. H

는 연필 대신 만년필을 손에 쥔 중학생이 되고, 그림을 그리는 대신 "무의미한 글자들", "죽은 지 오래된 사람들의 이름을" 쓰는 시기를 지나 프랑스로 유학을 간다. 그곳에서 H는 불법체류자가 되기 직전의 소수민족 여학생이 연필을 사서 시험을 볼 수 있도록 자기가 아르바이트해서 번 돈을 건넨다. 어떤 보상도 기대하지 않고 내미는 H의 손, 그 연대하는 손에 이르면 H가 십대에 그린 손에 대한 의문이 풀린다. 원하는 연필을 손에 쥐고 싶었던 그 여학생은 자라서 그 손으로 다른 여성에게 '연필'을 쥐여준다.

인상적인 장면이 남았다. 여학생이 자기가 준 돈으로 시험에 필요한 연필과 종이를 샀든 말든 H는 어차피 알 수 없고 또한 상관이 없다고 여긴다. 연필이 연필이기를 그쳐야 하는 순간을 감각하기. H가 톰보우 연필 한 자루를 욕망하며 배운 게 바로 그것 아닐까. 인간이 자기 밖으로 시선을 돌리는 순간과 연필이 연필이기를 그치는 순간의 교차는 우연이 아니다. 연필을 쓰다 보면 인간과 연필이 만나 아주 드문 풍경을 만든다는 걸 알 수 있는 순간이 있다. 그 순간을 놓치고 싶지 않아서 계속 연필을 쓰는 건지도 모르겠다. 적어도 나는 그렇다.

연필 수다

한국 미술 입시 제도가 톰보우 회사를 먹여 살린다는 농담이 있을 정도로 미술 분야에서 톰보우 연필 수요는 상당히 높다. 최윤의 '톰보우 연필'은 그 수요의 시작점이 1960년대 초 당시 초등학교 저학년 학생들이었음을 (본의 아니게) 고증하고 있다. 국산 연필이 그때부터 가만히 자리를 내주고 있었느냐 하면 그건 아니었다. 한국 연필의 선두 주자인 문화연필이 2001년 이 톰보우 연필에 대항할 만한 문화 넥스프로(Munhwa NEXPRO)를 출시하긴 했다. 고급 향나무에 특수 공법으로 제작한 심이 특징인, 전문가를 위한 고급 미술연필을 표방한 넥스프로는 당시 미술 입시생들을 대상으로 대대적인 협찬과 홍보 활동을 펼쳤지만 미술 분야 수요자들의 인식을 바꾸는 데는 끝내 실패한다. 미술용으로 갖춰야 할 단단함, 진함, 종이 착색력 등이 톰보우와 비교해 많이 부족했다는 후문이다. 2B, 4B, 6B의 경도로만 생산되었는데 미술용으로는 부족한지 모르겠지만 필기용으로 2B는 꽤 좋다. 넥스프로는 Made in Korea가 찍힌, 현재까지는 마지막 문화연필이기도 하다.

밀레나 예젠스카의 연필

— 나는 그의 공포를 압니다

진실하고 적나라한 것. 내가 아는 고통은 그런 것이라서 나는 고통의 주인보다 앞서 걸었다. 마치 전진하는 듯 보이기 위해서. 전진해 그에게 고통으로 올 많은 것들을 미리 막아내겠다는 듯이. 그러면서도 나는 내가 고통의 주인을 위해 무엇을 해야 하는 건지 잘 이해한 것 같지 않았다. 그의 표정이 때로 너무 절망적이어서 지금껏 그에게 보낸 연필로 쓴 편지들마저 모두 잘못되었다고 느꼈다.

밀레나 예젠스카에게

그대는 두 가지 종류의 편지를 쓰고 있어요. 만년필로 쓴 편지와 연필로 쓴 편지를 말하는 것만은 아닙니다. 그럼에도 불구하고 연필로 쓴 글씨는 그 자체로 많은 걸 암시하고 귀를 쫑긋 세우게 합니다. 이런 구별이 결정적인 것은 아니에요. 예를 들어 집 사진 카드와 함께 보낸 지난번 편지는 연필로 썼지만 날 행복하게 했거든요.

– 프란츠 카프카, 『밀레나에게 쓴 편지』
(오화영 옮김, 솔출판사)

카프카, 우리 고통의 주인이 썼다. 신의 밀지를 받은 사람처럼, 그 밀지를 두 번째 이름에게 반드시 전달해야 한다는 사명감 없이, 그저 떠안고 있기에는 고통스러웠기 때문에 그는 밀레나의 이름을 썼다. 그리고 두렵다고 썼다. 두려움이 점점 커져간다고. 밀레나가 연필로 쓴 편지와 그 새삼스러운 두려움이 관계가 없는 척하고 있지만 사실이 아니었다. 이 몇 줄의 짧은 글 속에 이처럼 놀랍게도 수동성과 자기방어와 (밀레나만큼 강인하지 못한 여성이라면) 수동 공격적으로 느낄 만한 찌그러진 영혼을 담아낼 수 있는 자, 카프카, 어쩌다 현대인이고 소외된 우리 모두의 고통의 주인이여, 세상에.

그의 존재는 내 존재의 끝과 맞닿아 있다. 나눌 수 있다면, 내 삶은 그 존재의 경계 반대쪽에서 여성적으로 이루어져 왔다. 나를 정신병원에 입원시킨 아버지가 바라던 그대로는 아니었지만. 감금은 내 결혼을 반대하는 한 방식으로 이루어진 일이었다. 치의학과 교수였던 아버지가 내 이빨을 다 뽑지 않은 것에 감사할 수도 있었다. 그런데 아버지는 내가 사랑한 남자, 지금은 남편이 된 폴락, 그가 그토록 싫었던 걸까, 병원에서 누워 생각하다가 천천히 상처를 받았다. 이상하게도 카프카는 아버지를 떠올리게 한다. 아버지라면 카프카를 시선만으로도 죽일

수 있을 것이다. 왜 그런 생각을 하는 걸까. 나는 곧 바로 카프카를 위해 무언가를 해야 한다고 느낀다. 아, 폴락, 연필을 쥔 내 손이 떨린다. 나는 남편을 버릴 수 없다. 지우개는 어디에 둔 걸까.

> 내 나이의 쇠진함, 두려운 마음
> 그대의 젊음, 그대의 발랄함과 그대의 용기를
> – 프란츠 카프카, 『밀레나에게 쓴 편지』

밀레나가 연필로 썼지만 행복하게 읽은 이유에 대해, 카프카는 그 편지가 평화로웠기 때문이라고 썼다. 자신의 두려운 마음은 세상으로부터의 퇴행을 의미하고, 밀레나의 용기는 전진을 의미한다고도. 탁월한 저널리스트이자 작가였던 밀레나가 단편, 「화부」의 체코어 번역을 제안했을 때 카프카는 그가 친구 오스카 폴락의 부인이라는 사실에 경계심과 두려움을 누그러뜨렸다. 후에 자신을 변호할 수 있는 구실도 동시에 챙겼다. 카프카가 어떤 사람인지 잘 묘사할 자신은 없지만, 카프카에게는 연결점이 없는 완전한 타인보다는 그래도 친구 아내라는 외부에서 한정해주는 관계가 한결 신경을 느슨하게 이완시키기 쉬웠을 수 있다. 늙고 뾰족하고 연민 가득한 남자의 영혼은 그 불안 없는 상태를 성숙한 사랑이라고 착각하기도 했을 것이다.

우리가 보호받는 곳에서 그는 너무도 쉽게 상처받는다. 카프카, 나는 그를 이해한다. 하지만 내가 그에게 어떻게 해야 하는지는 여전히 이해할 수 없다. 그의 이름을 세상은 모르고, 죄의식마저 수줍은 그가 나의 재능과 용기에 대해 말할 때는 마음껏 경솔해진다. 그러고선 순식간에 공포에 휩싸여 떨었다. 내게서 현실과 이상을 모두 보고 싶어 한다는 점에서 그는 폴락과 닮았다. 하지만 그 둘이 내게 자주 지뢰가 되기도 한다는 걸 그가 알고 있는 것 같진 않다. 나도 마지막 문장의 마침표에서 균형을 잃고 굴러떨어지는 작가라는 걸 폴락도, 카프카도 가끔 잊는다. 나도 잊는다. 내 손에 들린 연필만이 그걸 기억하며 떤다. 「화부」를 편다. 번역한다. "왜 이 모든 걸 참고 있죠? 당신은 그 누구도 당해본 적이 없는 부당한 일을 겪었어요. 스스로를 지켜야 합니다."

세상으로부터의 압력은 커지고 두려운 마음도 계속 확대되고 있지요.

그런데 그대의 용기는 전진을 의미합니다.

압력은 점점 감소하고 용기는 그만큼 성장하는 것입니다.

– 프란츠 카프카, 『밀레나에게 쓴 편지』

밀레나가 체코어로 옮겼을 「화부」의 문장들. “‘예’와 ‘아니요’를 분명히 말해야 해요. 그렇지 않으면 사람들은 진실을 전혀 알 수 없어요.” 어떤 사랑은 부당한 침해가 된다. 어떤 연애가 지독한 폭력일 수 있듯이. ‘예’와 ‘아니요’로는 말할 수 없는 사랑이어서 밀레나는 연필과 펜을 번갈아 썼을지 모른다. 돌보고 이해하고 그를 그 자신으로부터 구제할 방법을 강구하는 것이 사랑일 수 있다면 밀레나는 사랑을 했다. 대개 카프카는 느릿느릿 걸었고, 밀레나는 조금 빨리 걸었다. 밀레나가 돌아보면 카프카는 늘 새나 아기 고양이를 잘못 밟은 듯 공포에 휩싸인 표정으로 서 있었다. 적나라하게 자기 약함을 드러내는 사람을 인간의 잔인하고 잔혹한 속성은 좋아한다. 대학에서 의학을 공부하기도 한 밀레나가 자신의 이과적 명민함을 그런 문과적 자의식을 돌보느라 쓴 건 안타깝지만, 그것도 두 사람이나(남편 폴락도 작가였다), 풍부한 예술적 교감과 지적 교류가 가능했던 밀레나의 아름다움은 둘 혹은 셋 이상의 경계 너머의 공간을 열었을 것이다. 언제고 밀레나의 이름을 다시 불러야 한다. 불러서 살펴야 한다. 타인의 두개골을 두 손으로 감싸듯 누군가를 이해한다는 게 어떤 온도인지 알려주는, 그가 쓴 카프카의 부고 기사도.

1921년 카프카는 나에게 그동안의 일기를 넘겼다. 그라면 절대로 남겨놓고 싶지 않은 글을 자기 방식대로 숨기거나 버린 후였을 것이다. 자신은 끝내 보호받지 못하리란 걸 알고 자기 글만은 같은 운명에 두고 싶지 않았을 테니. 그의 글도 그와 마찬가지로 그저 세상에 일어난 몇 가지 일 중의 하나로 남고 또 사라지는 게 아닌가 나는 초조했다. 그가 두 번 약혼하고 두 번 파혼한 펠리체 바우어와 세 번째 약혼녀 율리에 보리체크와 그의 마지막을 지킨 연인 도라 디아만트 등에게 남긴 연애편지, 열정이 만든 그 문장들을 그의 부고 기사를 위해 미처 읽을 새가 없었다는 건 다행이다. 누구에게? 아마도 카프카에게. 영감과 헌정, 진심, 청혼, 염원, 헌신이 뒤범벅된 문장의 시간들을 내가 이해할 수 있었을까. 나는 전진하지 못했다. 카프카의 부고 기사 첫 문장은 사망 장소, 시간, 사실에 대한 진술로 평범하게 시작했

다. 마지막 문장의 마침표를 찍을 때까지 나는 그를 다시 이해하고, 극진하게 돌보듯 했다. 그를 위해 무엇을 해야 하는지 비로소 잘 이해한 것 같았다. 그에게 보낸 연필로 쓴 모든 편지들도 평화를 얻었다. 연필이 얼마간 짧아졌다.

연필 수다

프라하 출신의 밀레나가 1919년~1923년에 쓴 연필은 당시 체코 생산 마크가 찍혀 나오던 하르트무트 코이누르 1500(당시 L.&C. Hardtmuth Koh-i-noor 1500)이었을 확률이 높다. 확실한 기록이 없으니 확률은 3.8% 정도 될 테지만. 19세기까지는 좋은 나무를 쓴다는 걸 증명하기 위해 연필에 도색을 하지 않기도 했다. 규모가 큰 연필 회사의 제품들은 하나같이 도색 없이 나무 위에 그냥 각인을 찍은 나무 자루였다. 한동안 연필 도색은 연필을 만든 나무의 질이 좋지 않다는 의미로 오해되기도 했다. 그러다가 노란색 도색이 최고급 연필, '연필의 다이아몬드'임을 증명하는 색이 된 건 밀레나가 썼을지 모르는 코이누르 1500 때문이다. 카프카의 유약한 흔들림이 세계의 진통을 대표했다는 걸 증언한 밀레나와 닮은 연필을 꼽으라면 아마도 그것.

도로시 파커의 연필
— 진심 어린 농담

그는 1800년대에 세상과 만났다. 일곱 살에 1900년대를 맞았고, 고단했고, 글을 썼다. 마감을 지키는 경우는 거의 없었다. 여간해서는 '마감연장러'로 언급되기가 쉽지 않은, 그 부분만큼은 경쟁이 치열한 직종이 작가인데 그도 어지간했던 모양이다. 도저히 더는 미룰 수 없을 때 쓰기 시작하거나 겨우 완성한 글을 다 버리기 일쑤여서 담당 편집자의 수명 단축에 미필적 고의로 일조했다고, 그의 자서전 작가는 에둘러 썼다. 자서전의 주인공은 도로시 파커다.

우리가 지난 세기의 작가들에게서 얻는 유용한 팁 중에는 '마감을 지키지 못한 이유들'도 있다. 지난한 외면과 회피 이후 초고를 내기까지 왜 그리 오래 걸렸냐는 질문과 마주한 도로시는 이렇게 답했다.

"다른 사람이 제 연필을 쓰고 있었거든요."

그의 후예들은 이를 응용할 줄 알았다.

"누군가 제 노트북을 쓰는 바람에…."

설득력은 약하지만 파커의 은유적 진심이자 농담인 핑계의 핵심은 누가 봐도 핑계임을 알아채게 하는 것이다. 파일을 날렸다거나 노트북에 물을 쏟았다거나 하는, 잔인하기 짝이 없는 이유는 안 된다(학위 논문 진짜 날린 적 있음). 도로시의 연필을 쓴 다른 사람과 후예의 노트북을 쓴 누군가를 짐작하는 건 어렵지 않다. 나도 내 노트북으로 새벽 내내 넷플릭스를 탐사하는 '나' 때문에 원고 마감은 늘 '내일부터'인 게 어언….

연필을 재미있는 핑계로 썼던 도로시 파커는 연필을 쓰는 사진이 남아 있는 몇 안 되는 여성 작가들 중 하나다. 내가 본 첫 사진은 1934년 파라마운트 픽처스에서 도로시가 배우자 앨런 캠벨과 함께 연필을 들고 찍은 것이었다. 나란히 앉아 〈One Hour Late〉의 대본 작업을 하는 장면을 연출한 그 흑백사진 외에도 도로시는 작품의 시나리오 작가로, 캠벨은 시나리오 작가와 배우로 언론 홍보 사진을 찍은 날이었다. 둘은 각각 다른 연필을 쥐고 있다. 도로시는 시선을 아래 빈 종이에 두고 있고, 캠벨은 도로시를 바라보며 막 무슨 말인가를 했거나 하려는 것처럼 입술이 열려 있다. 꼼꼼하게 잠긴 도로시의 입술과는 대조적이다.

나는 도로시의 신랄한 말과 글을 퍽 좋아해서, 낮게 비행하며 날카로움을 숨기지 않는 그의 시선만큼 해부용 칼날 같은 입술에도 애정을 느꼈다. 사진 속 그는 꼭 쥔 연필에는 물론이고, 육각 연필 한 면에 올린 오른쪽 두 번째 손가락의 각도에도 어색하게 진심인 듯 보였다. 연필 각인은 식별이 불가능했다. 연필 색도 구별되지 않아 그가 쓰는 연필 종류를 추측할 단서가 턱없이 부족했다. 보통 페룰 길이와 모양으로 범위가 좁혀지기도 하지만 도로시의 연필은 아니었다. 집단 지성이 필요한 시점이었다.

종종 들르는 해외 연필 커뮤니티 사이트를 이용해 미리 정리한 두 가지 가능성을 제시하고 애호가들에게 의견을 구했다. 지금보다 커스텀 메이드가 훨씬 더 흔했던 1934년, 파라마운트 픽처스 정도라면 영화사 로고를 각인한 홍보용 연필을 제작했을 확률이 높다는 게 첫 번째 가설이었다. 그게 아니라면 1930년대에 대대적으로 광고했던 딕슨의 타이콘데로가(Dixon Ticonderoga) 연필이 아닐까 하는 두 번째 가설은 사실 근거가 부족했다. 하지만 두 번째 가설을 지지하는 이들이 더 많았다. 정확하게는 두 번째 가설을 믿고 싶어 하는 사람들이.

나도 그중 하나였다. 1913년 탄생한 딕슨 타이콘데로가는 미국의 혁명전쟁 당시 중요한 요새였던 타이콘데로가에서 이름을 가져왔다. 한참 성황일 때는 하루에 8만 자루 넘게 생산하던 딕슨의 흑연 회사가 있던 곳이기도 했다. 세계 최초의 노란 연필은 코이누르지만 가장 유명한 노란 연필은 연필 산업 호

황기에 질 좋은 흑연과 나무로 생산된 타이콘데로가가 차지했다. 그때와는 재료도 외향도 달라진 노란 타이콘데로가 연필은 같은 이름으로 미국 공립학교와 공공기관 등에서 국민연필처럼 널리 쓰이고 있다. 1934년은 세계대전과 세계대전 사이의 시간이었고, 사진 속 도로시 파커가 쥔 연필은 그 시간의 상대적 풍요로움과 안정을 대변하고 있었다. 때로 빈티지 연필의 고품질에 놀라는 동시에 그들이 전쟁과 시간이라는 파괴의 신(神)을 견디고 남아 내 손에까지 전해졌다고 생각하면 도로시의 시를 떠올릴 때처럼 스산한데 좋다. 끝내 파괴되지 않고 남은 것들이 아직 파괴되지 않은 이의 손에서 잠잠하다. 화산재에 묻힌 유적지 같은 시와 연필과 사람. 언제나 세상 한 편을 스스로 구조해온 건 그런 것들이 아니었을까.

도로시 파커도 파괴되지 않고 내게로 왔다. 연필을 쥔 채. 그가 1937년 아카데미 각본상을 수상한 〈스타 탄생(A Star Is Born)〉은 여러 번 리메이크되면서 감동적인 드라마로 회자되고 있는데, 무명의 여성이 스타덤에 오르며 성공하자 그를 발탁하고 남편이 된 남성이 점점 '찌질해지는' 이야기다. 각본가 중 한 사람이 도로시 파커라면 그 영화는 그렇게 기억해도 될 것 같다. 그가 쓰지 않았던가. "여자와 코끼리는 절대 잊지 않는다"고. 그의 시 「불행한 포유류의 발라드(Ballade Of Unfortunate Mammals)」의 매 연 마지막 행은 그렇게 끝난다. 잊지 않는다는 건 기억에 의지를 담겠다는 의미. 포유류 여성 도로시 파커는 내 친구들의 행복, 성공, 욕망에 초라해지며 자기 연민에 빠지던 복사판 남성들을 모두 알고 있었던 것 같다. 그들이 시공간을 초월해서 평행 세계를 막 넘나드는 게 아닐 텐데(가끔은 의심스럽다), 무엇이 어떻게 반복되고 있는지 앞으로도 여자와 코끼리는 계속 잊지 않겠지.

도로시는 1967년 73세에 한 레지던스 호텔에서 사망했다. 그의 유언대로 남은 재산은 마틴 루터 킹과 흑인 인권 단체인 NAACP 재단에 전해졌다. 나는 그의 유언을 정리한 문장에 그가 썼으리라 추측한 바로 그 연필로 밑줄을 그었다. 어제는 오지 않았던 새 한 마리가 창 가까이에서 낯선 톤으로 울었다. 왜 그런 게 기억나는지 모르겠다. 낯선 새 울음을 들으며 도로시 파커와 마틴 루터 킹, 흑인 인권 운동이 내 머릿속에서 연결된 그날 저녁, 나는 미네소타주에서 일어난 비무장 흑인 남성 사망 뉴스를 들었다. 2020년이고, 5월이었다. 경찰은 조지 플로이드라는 흑인 남성을 체포하는 과정에서 무릎으로 목을 눌러 사망에 이르게 했다. 뉴스를 듣고 잠깐 아득했다. 종종 시간 여행자가 된 것 같은, 아득하고 조각나는 기분이 들곤 하는데 그날도 그랬다. 낯선 새의 울음이 이명으로 변했다.

오바마의 대통령 당선으로 미국이 포스트 레이스(Post-Race) 사회임을 지극한 낙관으로 공표한 게 2008년, 그 후로 무슨 일이 있었던가. '누가 인간인가, 그걸 누가 결정하는가'라는 질문을 이끌어 낸 목숨들이 줄지어 떠났다. 그리 멀리 되짚지 않아도 2013년 십대 흑인 소년 트레이본 마틴 사망 사건과 'Black Lives Matter(BLM)' 운동, 2014년 십대 흑인 소년 마이클 브라운 총격 사망 사건과 퍼거슨 시위, 2015년 20대 프레디 그레이 폭행 사건과 볼티모어 시위… 그리고 2016년, 트럼프가 세계의 안녕을 걸고 도박을 시작했다. 역사는 때로 사람들이 과거로부터 아무것도 배우지 못한다는 걸 증명하기 위해 기록되는 건지도 몰랐다. 또 한 명의 흑인 청년이 총격으로 사망한 사건으로 멤피스 시위가 일어난 게 2019년의 일이었다.

도로시가 살아 있었다면 했을 일, 나는 그 대신

흑인 인권 단체와 BLM 운동 지원 단체에 소정의 금액을 기부했다. 마침 블랙윙에서 마틴 루터 킹의 문장을 각인한 연필을 한시적으로 판매하면서 지원에 나섰고, 기부 가능한 사이트를 링크해 회원들에게 메일을 보냈다. 뉴스를 접하기도, 기부를 하고 지원에 힘을 보태기도 수월해진 만큼 혐오와 폭력도 쉬워진 시대를 살아가고 있다는 사실이 새삼스러웠다. 그래서 보다 게으르게 사는 편이 세상에 덜 나쁜 일일지도 모르겠다는 생각을 나만 한 건 아니었던 모양이다.

도로시는 시 「재고(Inventory)」에서 살면서 알게 되어 현명해진 것 네 가지로 "게으름, 슬픔, 친구 그리고 적"을 꼽는다. 현명함은 차치하더라도 우선 근사했다. 게으름과 슬픔을 나란히 둘 수 있다니. 게으르지 못해 슬픈 거라고 말하는 이와는 친구가 되고, 게을러서 슬픈 거라고 말하는 이와는 적이 되는 현명함이라면 이제 내게도 좀 생겼다. 시는 죽을 때까지 곁에 있을 세 가지 "웃음, 희망, 그러다 삶에 한 대 얻어맞기"로 마무리된다. 나는 지금 삶에 한 대 얻어맞는 중일까? 도로시가 처음 원했던 묘비명 대신 다른 묘비명을 갖게 된 것처럼. 도로시가 죽기 전 묘비에 새겨달라고 부탁한 문장은 사후 방어기제의 최고 레벨 같고 좋다.

이 글을 읽을 수 있다면 당신은 내게 너무 가까이 와 있다.

그의 현재 묘비명은 이렇다.

먼지를 일으켜서 미안합니다.

그가 삶에 한 대 얻어맞는 바람에, 우리는 그의 묘비명을 두 개나 갖게 되었다. 그가 사후 다른 존재들과의 사이에 다리처럼 놓고 싶었던 문장을 진심 어린 농담처럼 남겨놓아서 나는 두 묘비명을 두 줄의 시처럼 필사할 수 있다. 쓸수록 두 문장은 진심이고 농담이다. 그는 정말 살고 싶어서 자주 죽고 싶었을 것이다. 사진 속 파커의 연필에 관한 가설보다 근거가 풍부한 가설이다.

자기가 어쩌다 지나는 시절과 시대에 상처받지 않을 수 있을까? 요원한 일이다. 젠더와 계급과 인종, 장애 유무와 연령 등으로 조건 지어진, 세상에서 가장 분주한 국경 마을에 사는 듯한 나는 가만히 있어도 선 그어진다. 핑계와 연필, 유언과 시, 묘비명을 남긴 불행한 포유류처럼. 하지만 여자와 코끼리는 잊지 않지.

조이스 캐롤 오츠의 연필

— 세계는 여러 번 진행된다

도형 그리기 테스트다. 전체 윤곽의 10분의 1 정도만 선으로 제시한 걸 보고 나머지를 연결해 팔각형이나 창문의 복잡한 문양을 완성해야 한다. 한 손에는 연필을, 다른 손으로는 지우개를 꼭 쥐고 있다. 그가 왼손잡이인 줄 몰랐던 B는 오른손의 지우개를 보며 노트에 기록한다. 기억상실증, 강박, 방어적인 지우개 사용…. 그가 점과 점을 정확하게 연결해 교회 첨탑을 완성하자 B의 노트에 두 줄이 그어지고 기억상실증과 강박만 남는다. 다음은 오렌지다. 나는 내가 누구인지 기억도 못 하면서 이런 건 어떻게 기억하고 있는 걸까요? 그의 물음에 B는 글쎄요, 한다. 오렌지의 안쪽 부분에 요구하지 않은 명암 효과까지 그려 넣으면서 생각해보니까, 하고 그가 웃는다. 여자들은 다 그랬다고 했어요. 그 얘기를 한 게 엄마였는지 언니였는지, 아마 둘 중 하나였을 텐데 자기가 누구인지 이름조차 쓸 줄 몰라도 실을 잣고 노래를 불렀대요, 여자들은. 멋지죠?

처음에는 우리가 소녀 혹은 여학생으로 불렸을 때 쓰던 연필을 떠올렸다. 한 명이 낙타연필을 말하면, 다른 친구가 문화연필을 외쳤고, 동아연필은 동시에 합창하고 웃었다. 그때는 왜 그리 샤프가 쓰고 싶었을까. 샤프는 고학년이 되어야 쓸 수 있다고 해서 하루빨리 크고 싶었다, 친구 아버지가 외국에서 사 왔다는 연필이 너무 예뻐서 처음으로 도둑질을 했다, 키티 그려진 연필을 한 번만 써보자고 했는데 고약하게 빌려주지 않아 선생님한테 일제 쓴다고 일러바쳤다, 옆자리 남자애가 괴롭혀서 학교 가기 너무 싫었는데 단짝친구가 그 남자애 등을 연필로 찍었다… 그런 이야기들이 산발적으로 날아들었다.

마지막 이야기에는 우아, 그래서 어떻게 됐느냐고 앞다투어 물었다. 겨울이었고 두꺼운 파카를 입고 있어서 다치진 않았지만 그 친구의 기세에 엄청 놀라 남자애가 울음을 터뜨렸다고 했다. 한 번만 더 괴롭히면 그땐 머리를 찍어버릴 거라고 굉장한 기운으로 남자애를 협박했다는 그 단짝친구는 지금 모 기관에서 가정 폭력 상담과 지원 업무를 하고 있다고도. 결정적 순간이었네, 하고 우리는 박수를 쳤다.

미래의 어떤 위치를 향해 결정적으로 방향을 트는 순간이 있을지도 모른다. 아마도 그때 우리는 그렇게 되도록 결정되어버린 게 아닐까 하는 순간. 미래에 맺게 되는 관계의 양상을 결정하는 순간 역시 똑같이 말할 수 있었다. 또래 여자애들과의 관계에 반복적으로 실패하면서 내게 문제가 있나 자문하고 자책했던 밤들, 그 겹겹의 밤이 결정해버린 우리 죄책감의 농도 말이다. 연필과 얽힌 기억에서 어째서인지 여성들과의 관계로 기억의 방향이 달라지자 친구들의 표정도 달라졌다.

이상한 일이었다. 다른 상황 속 우리에게는 사랑했지만 끝까지 좋아할 수는 없었던 여자들이 있었다. 그들이 기억 속에서 얼굴을 들었다. 하나, 둘, 셋… 많지? 많네. 그게, 나만 비밀번호를 모르고 있는 것 같았거든. 언제 웃고 어떤 농담을 해야 하는지 나 빼고 다 알고 있는 줄. 나도 그랬어. 많은 그들이 우리 옆에 와 앉았다. 오늘은 둘도 없는 친구였다가 다음 날 학교에 가면 무리 속에서 나를 비웃거나 외면할 것 같았던 그들, 믿을 수 없어서 불안했고 또 그래서 너무 믿고 싶었던 그들이, 혹시라도 말이야, 죽어버렸으면 좋겠다고 생각한 적 있어? 누군가 물었고, 우리는 잠시 그 질문이 의미하는 바를 생각했다. 5년 만에 귀국한 친구 핑계로 모인 다섯 여자들이 웃음을 뚝 멈추고 골똘해졌다.

이 글은 연필로 쓰고 있다. 쉽게 지울 수 있도록. 자꾸만 지워대는 통에 종이 곳곳에 구멍이 뚫리고 있다.

조이스 캐롤 오츠가 쓴 단편 「흉가」(『흉가』, 김지현 옮김, 민음사) 속 멜리사는 노년이 된 후 어릴 때 죽은 단짝친구, 메리 루의 이야기를 쓰기로 한다. 어떤 관계는 모종의 악의와 죄책감만으로 치명적이 된다. 그 사실을 몰랐던 삶의 시기에 오직 필연적 방어 감각, 그 생존 감각에만 의지해야 했던 소녀들은 서로의 욕망을 너무 잘 이해했기 때문에 거울처럼 사랑했고, 같은 이유로 서로를 마지막까지 좋아하는 데는 늘 실패했다. 금지와 금기로 소녀들의 손을 묶어버리는 세상에서 소녀들의 팔목에는 하나같이 보이지 않는(몇몇은 보이고 마는) 주저흔이 남는 걸 우리는 알고 있다. 멜리사는 그 주저흔에 관해 쓰고 싶었는지도 모른다.

죽은 사람은 서사가 멈춘 사람이다. 그래서 이길 수가 없다. 승패를 말하는 게 아니라, '가루나 흙에 물을 부어 반죽하다' 혹은 '빨래 같은 걸 이리저리 뒤치며 두드리다'라는 의미의 이기다다. 우리는 누군가에 대해 또 그 관계에 대해 다른 서사를 상상하고 쓰면서 의미를 삶에 이긴다. 반죽하고 뒤치고 두드린다. 하지만 죽은 사람에 대해서는 그러기가 힘들다. 살아남은 사람의 시선과 욕망으로 그 관계는 재구성될 수밖에 없다. 멜리사는 그러니까, 조이스 캐롤 오츠는 그렇게 할 때 대면하게 되는 윤리적 문제를 잘 알고 있었다.

이야기에 부여되는 힘은 이야기하는 사람에게 실린다. 둘 중 '진짜' 비밀이 생긴 사람 쪽으로 권력이 이동하는 것도 비밀이란 아직 하지 않은 이야기이기 때문이다. 메리 루가 멜리사의 '진짜' 비밀에 화가 났던 것도, 버스에서 멜리사의 옆자리에 앉지 않고 의도적으로 무시했던 것도 늘 멜리사보다 주목받고 인기 있던 그와 멜리사 사이에 형성된 힘의 원칙이 무너져서였다. 멜리사에게 네가 싫다고, "예전부터 늘 싫었어"라고 남들이 다 듣도록 큰 소리로 말한 것도. 그건 자기 힘을, 생존의 유리함을 절대 뺏기거나 역전시키지 않겠다는 본능적 행동이지 않았을까. 멜리사는 그런 메리 루가 죽어버렸으면, 했을 것이다. 물론 본능과 생존이 위협받은 순간에 개구리처럼 튀어 오른 목소리였을 뿐이다. 열흘 뒤 메리 루는 살해된 채 발견된다. 그로 인해 폭발한 감정과 욕망은 멜리사에게 길고 어두운 죄의식을 남기기에 충분했다.

소녀들은 동경하고, 욕망하고, 사랑하고, 질투한다. 금지와 금기를 아슬아슬하게 위반하면서 할 수 있는 모든 걸 한다. 직선으로 나가던 감정들은 금지와 금기에 부딪혀 굴절되고 왜곡되지만 운이 좋으면 제 방향을 찾기도 한다. 드물게 운이 좋으면. 어떤 경우에는 20년쯤 후에. 멜리사와 메리 루는 운이 좋지 못했고, 메리 루는 죽었고, 멜리사는 노년이 되어서 다시 그 시간으로 돌아와야만 했다. 그렇게 어떤 시간으로 다시 방문해 이어 써야 하는 이야기들은 멜리사처럼 연필로 쓸 수밖에 없다. 쉽게 지울 수 있다는 사실에 안심하면서, '싸구려 잡화점에서 산 공책'에 말이다. 그러나 연필로 쓴 글이 그리 깨끗하게 지워지지 않는다는 걸 멜리사는 쓰고 지우고 쓰고 지우며 알게 되었을 것이다. 손의 압력으로 부서진 연필심이 종이 섬유질 사이에 한번 자국을 남기면 압력과 부서짐이 더해지지 않았던 상태로 돌아갈 수 없다. 지우고 다시 쓴다는 건 흐려진 자국 위에 덮어 쓴다는 말이고, 덮어 쓰면서 세계를 여러 번 다시 진행시킨다는 의미다. 한 번은 어둠 뒤에서, 한 번은 어둠과 나란히, 그러다가 어둠을 따돌리고. 한 편의 여성 서사가 완성되는 과정이 그럴 거라고 상상한다. 처음에는 연필로, 지우고 다시 흔적 위에 연필로, 지우고 더 진하게 연필로.

압력과 부서짐을 피할 수 없었던 모든 관계는

우리에게 자국을 남긴다. 그 자국들 위로 '잃었다'나 '실패했다'라는 단어를 덧씌우면서, 그 간명한 결론만 보이도록 힘주어 쓰면서 세세한 기억들을 지운다. 네가 싫어. 처음부터 싫었어. 그런 말들. 들어봤어요? 들으면 저 사람이 지금 외롭구나 싶은 말들요. 그가 말할수록 B의 노트가 채워진다. 기억상실증 주장 의심. 도형 테스트 마지막 문제는 연필이다. 그가 연필심과 나무의 경계선을 제일 먼저 잇는다. 등 뒤에서 귓속말로 옮겨지는 짧고 날카로운 문장들의 시작점도 사실 바로 그 외로움이었을 텐데, 외로워서 두려웠을 텐데, 그 두려움을 끊어내려고 칼 같은 말들을 휘둘렀던 걸 텐데 그때 나도 진심으로 그들이 죽길 바랐어요. 그의 손에서 연필 한 자루가 오롯하게 탄생한다. 결국 기억이 돌아온 것 같네요. B가 테스트지를 자기 쪽으로 가져오며 말한다. 이번에는 그가 글쎄요, 라고 대답한다.

조앤 디디온의 연필
— 먼저 떠나는 꿈

사진 속 조앤 디디온은 벨벳 소재의 자주색 원피스 위에 꽃이 그려진 검은 숄을 두르고 있다. 머리는 어깨쯤에서 양 갈래로 내려 묶었다. 노란 연필을 쥔 오른손이 무릎 위에 펼쳐둔 스크립트 파일 모서리에 슬쩍 닿아 있다. 연필에 끼워 쓰는 파란색 지우개가 노란 연필과 색 대비를 이뤄 유독 튄다. 지우개가 달린 연필이든 아니든 편리하게 끼워 쓸 수 있는 화살촉 모양의 캡 지우개(Eraser Topper)다. 지금도 아마존에서 어렵지 않게 구할 수 있는 종류다. 나도 열두 개 색색별 세트로 사놓은 게 있다. 지우개를 기준으로 왼쪽 사선에 조앤의 남편 존 그레고리 던이 앉아 있다. 아이보리 터틀넥 스웨터를 입고 그의 주된 기질을 한결 더 강화하는 듯한 안경을 쓰고 있다. 오른손을 조앤이 앉은 의자 등받이 뒤쪽에 두고 있는 것 같은데 사진 밖 시선으로는 볼 수 없는 숨겨진 그의 손이 문득 불길하다.

같은 구도의 다른 사진에서도 그 느낌은 이어진다. 존은 오른손에 볼펜을 쥐고 마찬가지로 무릎 위에 펼쳐놓은 스크립트 파일을 다른 손으로 고정하고 있다. 존의 볼펜은 1954년 파카가 출시한, 엄청난 판매량과 특징적인 디자인으로 각광받은 '조터(Jotter)'다. 나도 2018년 리뉴얼되기 전 모델과 이후의 모델을 하나씩 가지고 있다. 첨단공포증까지는 아니라도 뾰족한 것에 대한 불안감이 어느 정도 있는 나는 조앤의 머리를 향하고 있는 그 볼펜 끝이 여간 신경이 쓰이는 게 아니었다. 조앤이 연필의 심 부분을 손으로 감싸거나 파일 쪽으로 향하게 하는 것과는 대조적이다.

두 사진 모두에서 조앤은 희미하게 웃는 것 같다가도 각도를 달리 보면 금방 울 것처럼 앉아 있다. 카메라 방향을 향하는 조앤의 편하지 않은 시선과 왼손이 존의 볼펜만큼 신경이 쓰인다. 연필을 쥔 오른손이 안도하는 느낌이라면 검지와 엄지 끝이 어색하게 닿은 모양으로 파일 위에 올려놓은 왼손은 내가 초조할 때 검지로 엄지손톱을 긁는 모양 그대로다.

1972년 《보그》지의 헨리 클라크가 촬영한 이 사진들의 유명세는 당시 조터 볼펜만큼은 아니어도 상당했다. 사진 촬영은 말리부에 있는 그들의 집, 조앤과 존이 함께 영화 스크립트 작업을 했던 존의 작업실에서 주로 이루어졌다. 존이 불같은 성미를 제어하지 못하는 일이 잦았다는 사실은 공공연했고, 내가 사진을 보면서 느낀 불길하고 불안한 공기는 그런 유의 전언이 만든 과잉 감각일지도 모른다. 아니면 조앤이 쓴 문장에 그 혐의를 둘 수도 있고.

우리는 이혼을 하는 대신 태평양 중앙에 있는 섬에 와 있다.

– 조앤 디디온, 『화이트 앨범』

어떤 것의 시작은 쉽게 목격할 수 있지만 그 끝을 보긴 어렵다는 걸 조앤은 알고 있었다. 조앤과 존은 그들 이름만 정확히 썼다면 '말리부 해변 어딘가'라는 불분명한 주소만으로도 분실 없이 도착하는 편지를 그다지 놀라움 없이 받는 사람들이었다. 그런 삶일수록 '정말 끝'은 우연한 충동에 의해서나 가능할 것이다. 대신 조앤은 캘리포니아에서 보낸 1960년대를 반영한 에세이집 『화이트 앨범』에서 언급한다. "글을 쓰는 사람은 다른 부류"이고, "외로운 사람들, 현실을 재구성하는 사람들, 불안하고 불만족스러운 사람들, 태어나면서부터 어떤 상실감에 노출된 사람들"이라고. 마치 자신과 존이 끝을 보지 못할 걸 알면서 계속 끝을 기다리는 이유가 바로 그래서라는 듯이.

몇 년 만에 1972년 《보그》지 사진을 보면서 이전과는 다른 시각이 생겼다는 걸 알았다. 조앤이 쥔 연필, 존의 볼펜, 그리고 그들 등 뒤에 있는 타자기가 묘하게 삼각형을 그리고 있다는 것도 처음 알아챘다. 타자기가 발명되었을 때 사람들은 연필이 사라질 것이라고, 당연한 수순처럼 예상했다. 우리는 편리성보다 귀찮아도 의미를 좇는 존재라는 걸, 혹은 반대로 삶의 지겨움을 잊게 해준다면 무의미한 일도 마다하지 않고, 거기에 무의미의 의미를 부여한다는 걸(모든 덕질의 탄생 설화 같네) 우리조차 종종 잊는다. 그래서 누가 시킨 것도 아니고, 알아주는 것도 아니고, 소문 날 일도 아니지만 나도 사진 속 조앤의 연필을 추적하기 시작했다.

1972년 캘리포니아 말리부, 특색 없는 노란 연필이라는 게 단서의 전부였다. 하필 노란 연필이었다. 연필 브랜드마다 앞다투어 노란 연필을 생산하던 때니까 경우의 수가 많았다. 1970년대 미국 연필 산업에 대해 찾아보다가 나는 다시 사진으로 시선을 돌렸다. 이상한 일이었다. 다른 시대, 다른 인종, 다른 계급을 살았던 한 여성 작가에게 자꾸 감정이 포개어졌다. 내가 읽은 그의 책 두 권이 모두 상실에 관한 것이어서일까.

아무 죄도 없이 이해할 수 없는 세상에 내던져진 존재들이라는 동질감이 강하게 작용하는 대상이 있다. 많은 일들이 지나갔고 그 기억이 심장을 묵직하게 누르고 있어서 때로 웃는 것도 우는 것도 아닌 표정의 사람들이 내게는 곧잘 그런 대상이 되었다. 그들은 피해자로 불리면서도 흔히 사람들이 기대하는 피해자의 모습이지는 않았다. 피해자로서 모순적일 자유를 포기하지 않았던 것이다.

조앤에게는 그만 징징대고 생각을 글로 쓰라며 노트를 건네는 어머니가 있었고, 슬픔이 너무 깊어 행복한 순간마저 그 슬픔으로 물들이는 아버지가 있었다. 부모는 세상의 모순을 대변하며 그런 면에서 의도치 않게 우리를 단련시키는 사람들이기도 하니까. 넌 무조건 해낼 거야, 하고 등을 두드리는 어머니와 오랫동안 우울한 정서와 행동을 정상으로 인식하게 한 아버지. 이상하게 들릴지는 모르지만 조앤이 붙잡고 있던(쥐고 있던 게 아니라) 노란 연필과 그 위에 꽂힌 파란 지우개 같은 한 쌍이었다. 조앤의 글에 흐르는 피의 유산이 거기 있었다.

부분 확대 기능을 이용해 사진을 바짝 당기니 픽셀이 깨졌다. 그래도 연필이 원형이 아니라는 건 추측 가능했다. 흐리더라도 각인이 보이면 연필 종류를 유추하기 쉬울 텐데. 그렇다는 건 결국 연필의 각인이 곧 연필의 주된 정체성이라는 의미일까? 그건 좀 재미없다 하면서 지우개 쪽을 확대해 보다가 마침내 중요한 추가 단서를 발견하고 나는 웃었다. 연필과 지우개 사이, 금속 페룰 부분에 검은 선이 보였다. 중요한 선이었다. 1960~70년대 초반에 생산된 연필 중 페룰 부분에 검은 선이 있는 육각형의 노란 연필이라면 에버하르트 파버 몽골 482(Eberhard Faber Mongol 482)일 확률이 높았다.

지금은 사라진 에버하르트 파버 회사의 연필들 대부분이 그렇듯이 몽골 482는 애호가들에게 지금도 꾸준히 사랑받고 있다. 별 모양의 각인이 새겨진 시기에 생산된 모델은 조금 더 사랑받는다. 특히 별 각인이 있는 경도 1 모델은 내가 자주 쓰고 좋아하는 빈티지이기도 하다. 당시엔 경도를 No. 1, 2, 3으로 표시했는데 1이면 지금의 B 정도다. 1910년대 첫 출시 때는 없었던 몽골 482의 검은 선은 몇 년 후에 생기고부터 몽골을 구별하는 주된 특징 중 하나가 되었다.

사진 속 연필의 경도는 확인할 방법이 없었지만 그 검은 선 덕분에 나는 77.3% 확신했다. 딕슨 타이콘데로가와 비너스 벨벳 연필에 뒤지지 않는, 상징적인 노란 연필. 몽골 482는 20세기 중반 이후 인기 있는 스쿨연필로 부상했다. 또한, 드물게도 '개성이 없진 않으나 일반적인 정서와 보편 기준에 잘 녹아들어 가면서 때로 타인의 의지를 북돋아주는' 성격을 부여받았다. 공교롭게도 조앤이 회상하는 어머니의 성격이 그것과 닮았다. 그 성격의 영향 아래 있을 때 조앤은 조금 더 안정적으로 글을 썼다.

그러나 사진 속 저 파란 지우개, 우울과 슬픔의 조향사였던 아버지의 세계가 조앤의 삶을 물들이는 시기가 전진해온다. 약하지만 끈질긴 그 자장 아래서 조앤은 한 사람의 생이 식탁에서 순식간에 끝장날 수 있음을 경험한다(남편 존이 그렇게 죽었다). 그토록 강렬한 삶의 폭력성을 경험하기 전의 조앤과 알고 난 후의 조앤은 다른 사람일 테지만 둘이 세상에서 가장 닮았음은 분명했다. 나 역시 그렇게 식당에서 쓰러진 채 병원에 실려가 그대로 숨을 거둔 한 남자를 알고 있고, 생이 어떤 식으로든 순식간에 끝나버릴 수 있다는 걸 모르지 않았다. 앎의 전후, 상실 전후, 비통 전후의 나'들'은 전혀 다른 사람들이면서 또 서로 가장 닮아 있었다. 다른 사람에게 털어놓지 못하는 걸 닮은 나'들'끼리만 주고받으며 서로 미워했다가 원망했다가 후회하곤 했다.

같은 해 조앤은 딸도 잃는다. 기약 없는 뇌사

상태에 빠진 딸은 조앤에게 커다란 고통 속에서는 조금만 더 작은 고통을, 더 작은 고통을 기다릴 줄 알아야 한다고 가르친다. 딸의 죽음을 기록한 『푸른 밤』에서 조앤은 딸과 "평범한 축복의 말들"이 사라진 세계에 덩그러니 남는다. 사랑과 행운이 가득하길. 가족 모두 건강하길. 다 괜찮을 거예요. 그런 말들이 비통함이 되어버리는 세계.

> (…) 너무나 약하고 무방비하며 여린 표정. 안과에서 나와 밝은 햇빛과 마주치거나 쓰고 있던 안경이 갑자기 벗겨졌을 때의 표정. 사랑하는 누군가를 잃은 사람은 자신을 투명인간이라고 생각하기 때문에 무방비인 것처럼 보인다.

조앤이 남편을 잃고 쓴 『상실』(이은선 옮김, 시공사) 속 그 표정을 조앤이 쓰던 연필과 같은 시대의 나무, 흑연으로 만들어진 몽골 482를 손에 쥐고 내가 짓고 있다. 궁금하다. 조앤도 그런 표정으로 서 있는 자기가 여럿 나오는 꿈을 꾼 적 있을까. 내가 상실 전후의 나'들'을 어떻게 봉합해야 하는지 난감한 채로 간혹 꾸는 꿈은 조앤의 글을 지형 삼아 진행되곤 했다. 사랑하는 이를 상실한 사람들이 꾸는 꿈은 어딘가 닮았다. 내 꿈에서 먼저 떠나는 사람은 늘 나였다.

넬리 블라이의 연필

— 연필을 깎는다는 것

1885년 미국 《피츠버그 디스패치(Pittsburgh Dispatch)》지에 실린 칼럼 제목이다.

여자아이가 무슨 쓸모가 있나(What Girls Are Good For)

여성은 요리와 육아 같은 집안일에나 소질이 있고, 직장 일을 하는 건 바람직하지 않으며, 남자를 돕는 것이 본분이라는 주장이 제목 밑에서 아까운 지면을 낭비하고 있었다. 그리 드문 일은 아니었다. 여성들이 자전거를 타기 시작하면서 이동권을 갖게 되자 유서 깊은 미국의 라디오 방송에서는 의학 전문가를 초대해 "자전거를 즐겨 타는 여성들은 성적으로 문란하다"는 주장을 하기도 했으니까. 전문가나 언론 등의 권위로 여성을 억압해온 역사는 인류 역사와 어렵지 않게 포개진다. 분노를 참지 못한 엘리자베스 제인 코크런은 「여자아이가 무슨 쓸모가 있나」에 대한 반박문을 써 신문사로 보낸다. 아버지 없이 엄마와 14명의 어린 동생을 십대 때부터 책임져야 했던 21세의 엘리자베스가 반박문에 쓴 가명은 '외로운 고아 소녀'였다.

여자아이의 쓸모를 그렇게 제한한 글을 보게 되어 실로 유감입니다.

나는 아버지가 없고 어머니도 없는 거나 마찬가지이지만 동생이 14명 있습니다. 이들의 생존과 생계를 지키느라 나는 성인이 되기 전부터 도시로 나가 돈을 벌어야 했어요. 틈틈이 공부도 하면서요. 이런 삶을 사는 여자아이도 있다는 사실에 놀라는 척은 하지 말길 바랍니다. 아, 너무 힘을 줘서 연필이 부러졌네요. 연필을 깎으면서 다시 생각해봐도 역시 이해가 가지 않습니다. 정규교육을 받지 못한 나 같은 고아 소녀도 그 칼럼의 유해함을 알고 있거든요. 무엇보다, 여자아이가 뭘 원하는지는 왜 묻지 않죠?

남아 있지 않은 엘리자베스의 반박 편지는 이보다 훨씬 정교한 논리로 무장했을 것이다. 그의 인생을 예상치 못한 방향으로 틀 수 있을 만큼 힘 있는 글이었을 테고. 그 힘으로 그는 반박문을 보낸 신문사에 기자로 입사한다. 샬럿 브론테가 『제인 에어』를 커러 벨이라는 필명으로 발표한 것처럼 당시 여성 작가들을 옥죈 관례에 따라 그도 신문사에서 성별을 모호하게 흐리는 필명을 쓰기 시작한다. 넬리 블라이. 그 이름으로 내게 온 연필이 아니었다면 나는 그 여성을 까맣게 잊고 살았을 것이다. 그 이름을 내가 알고 있다니. 아니, 기억하고 있다니.

하루에 길에서 마주치는 사람이 대략 100여 명이라고 치고, 그 100명 누구도 알 리 없는 잡지의 취재 팀장으로 일한 적이 있다. 한 달을 나란히 앉아 지낸 사수로부터 넬리 블라이 이름을 처음 들었다. 그는 사표를 쓰고 내게 인수인계를 해주느라 남아 있었다. 그 여자가 내 꿈이었는데. 사수는 꿈이 너무 허무맹랑했던 것 같다고 하면서도 넬리 블라이 이야기를 할 때마다 눈빛이 달라졌다. 누굴 좋아한다는 건 저런 거였지. 나는 다 잃은 사람처럼, 혹은 다 잊은 사람처럼 반응했다. 그게 영 마음에 쓰였는지 마지막 출근 날 사수는 내 눈을 바로 앞에서 찍어 누르듯 바라보며 말했다.

"백 이사와는 절대 술 따로 마시지 마. 아프다고 하든 약속이 있다고 어떻게든 핑계를 대서 피해. 알았지? 저녁 취재 약속은 차라리 혼자 다녀. 내 말 무슨 말인지 알지?"

사수가 나가고 6개월 후 나도 같은 말을 후임에게 하고 나왔다. 내 말 무슨 말인지 알지? 그 말은 슬픈 알리바이였다. 넬리 블라이 이야기를 후임에게 한 적은 없다. 내게는 꿈이 없었고, 돈을 벌어야 했고, 매일 술자리를 피할 거짓말을 지어내는 게 밤샘보다 힘들었다. 그렇다고 마냥 고분고분했던 건 아니어서 한 번씩 뿔을 세우는 일을 피하지는 않았다. 후임에게 조 이사와 백 이사의 연필 깎는 스타일이 다르다고, 조 이사는 끝을 뾰족하게 다듬어야 한다는 내용의 인수인계를 하다가 나도 모르게 불뚝, 그랬다.

"아, 그냥 연필깎이 사면 안 돼요?"

전체 임직원 수가 다섯인데 이사가 넷인 우스운 조직의 이사 둘이 자리에 있다가 움찔, 내 쪽을 쳐다봤다.

"연필 깎는 거 그만 시키세요. 잡일 너무 많아요."

눈치가 없지 않았던 둘은 다른 때와 달리 대꾸하지 않았다. 후임은 이사들을 향해 어색하게 웃었다. 퇴사하는 날 나는 내가 잘 쓰지 않는 연필깎이들을 이사들 책상에 하나씩 놓아두고 나왔다. 사수가 이사들이 선호하는 방식으로 연필 깎는 법을 가르쳐주던 날과 넬리 블라이와 꿈에 대해 이야기한 날, 그리고 "내 말 무슨 말인지 알지?" 묻던 날이 차례로 떠올랐다. 그 외엔 다 잊었다. 어떤 시기는 놀라울 정도로 기억 속에서 전멸이다.

> 이번 블랙윙 리미티드 에디션은 여성 최초 탐사 보도의 역사를 연 넬리 블라이가 위험을 무릅쓰고 정신병원에 잠입 취재해 쓴 「정신병원에서의 10일」이라는 특집 기사에서 모티프를 얻어, 'vol. 10'이라는 각인을 새겨 넣었습니다. 뉴스페이퍼를 의미하는 '신문잉크색'의 바디는 그가 보여준 저널리즘 정신에 대한 찬사이기도 합니다.

블랙윙 vol. 10 출시 안내 메일을 대략 번역하면 그랬다. 3개월에 한 번씩 다른 모티프, 다른 스토리텔링과 디자인으로 출시되는 블랙윙 리미티드 에디션(Blackwing Limited Editon)은 연필에 대한 관심이 부활하는 데 적지 않은 영향을 미쳤다. 근래 연필 커뮤니티에 새로 유입되는 사람들의 다수가 품절된 이전 에디션을 구하고 싶어 했다. 현재 생산되는 블랙윙은 존 스타인벡, 레너드 번스타인, 루니 툰의 애니메이터 척 존스와 디즈니의 샤머스 컬헤인이 사용했다고 알려진 전설의 연필 에버하르트 파버 블랙윙 602(Eberhard Faber

Blackwing 602)와는 다른 연필이다. 1930년대부터 사랑받던 602는 단종 후 2010년 팔로미노사에 의해 부활했지만 같은 이름, 디자인의 복각판일 뿐 20세기 최고의 연필로 회자되곤 하는 그 품질과 고유성을 복원하지는 못했다. 지금도 에버하르트 파버 602의 단종 직전 모델은 한 자루 가격이 7, 8만 원을 호가하며 이베이에서 거래되곤 한다. 쉽게 예상할 수 있겠지만 602가 처음 세상에 등장한 시기의 모델과 가까울수록 희소가치가 있고 패키지가 포함된 연필의 경매가는 늘 예상을 뛰어넘는다.

현재 블랙윙이란 이름이 예전 에버하르트 파버 블랙윙을 사랑했던 많은 유명인들의 후광효과를 톡톡히 보고 있는 건 부인할 수 없지만 그게 전부는 아니다. 2015년 7월부터 매년 3개월에 한 번씩 리미티드 모델을 출시하면서 전 세계 연필 애호가들의 주목을 받기 시작한 블랙윙은 독특한 페룰과 배럴 디자인, 에디션마다 달라지는 넘버와 스토리텔링에 감탄하는 애호가들을 빠르게 확보했다. 1년 단위 구독자(subscriber)를 모집하고 특별 패키지와 사은품을 전 세계 구독자들에게 배송하는 서비스의 유혹이란. 예술가들의 창의성과 영감에 전적으로 기여한다는 브랜드 정체성도 최근에 더 선명해졌다.

팬데믹 선언 후 그들은 전 세계 구독자들에게 메일을 보내 "집에 머물며 스케치를 하고, 편지를 쓰고, 작곡을 하거나 음반을 들으세요. 물감 칠을 해도 좋죠. 당장 익숙지 않더라도 지금은 배우기에 좋은 시기"라고 안심시켰다. 아티스트를 주 소비자로 상정하고 있다는 걸 확실히 보여준 셈이었다. 이 혼란한 시기에 창조적 에너지를 잃지 않고 작업을 진행하는 데 도움이 되는 방향과 방식을 서로 나누자는 메시지는 따뜻했다. 그게 3월 중순쯤이었다. 첫 확진자 보도 후 그때까지 한 번도 느껴본 적 없던 연결과 연속의 감각이 그 메일에서 깜빡거리고 있었다.

여러모로 매력적인 블랙윙의 애호가들이 늘면서, 인기 있는 한정판 모델은 빠른 시간에 매진되었다. 뒤늦게 블랙윙을 계기로 연필 수집을 시작한 사람들은 출시 가격의 10배, 20배를 주고도 자신이 놓친 이전 한정판 모델을 구하고 싶어 했다. 블랙윙에 대한 관심이 높아질수록 품질 면에서나 역사적 의미 면에서 주목할 만한 다른 연필들이 회자되는 기회가 그만큼 줄다 보니 연필 커뮤니티에서 표 나게 못마땅해하는 사람들이 생기기도 했다. 세상엔 아름답고 환호할 수밖에 없는 필기감을 자랑하는 연필들이 많으니까. 가령, 지금 옆에 있는 콜린 777(Vintage Colleen 777) 같은 연필들이 블랙윙에 밀리는 건 아무래도 좀.

하지만 넬리 블라이 에디션에는 평소보다 더 관심이 쏠리길 바랐다. 경도 표시는 없지만 보통 2B~4B 진하기의 한 가지 경도로만 출시되는 블랙윙의 필감은 '파사삭'. 넬리 블라이 에디션도 크게 다르진 않았다. 원래라면 친구들에게 기념으로 한 자루씩 주고 말았을 텐데 나는 작정하고 넬리 블라이를 소개하는 데 연필을 이용했다. 그즈음 일주일에 한 번씩 모여 샬럿 퍼킨스 길먼의 「누런 벽지」 같은 작품을 함께 읽고, 이성 중심 사회에서 신경증과 광기로 살아 있음을 증명했던 여성들의 선택에 대해 이야기 나누는 동료들이 있었다. 그들에게 연필을 선물하며 여성이 최초로 탐사보도를 한 장소가 '정신병원'이었음을 강조했다. 그들은 어떤 제도와 권위의 공모로 여성과 광기가 묶여왔는지 이해했고, 넬리 블라이가 정신병원에서 목격한 인권 탄압의 사례들에 마음 아파했다. 아프니까 씁시다, 이 연필로. 그들은 너그럽게 웃어주었다.

넬리 블라이는 '퓰리처상'의 그 퓰리처 밑에서 일을 하다가 당시 세계 일주 기록에 도전한 걸로도 유명하다. 여성 단독 72일간의 세계 일주라는 새로운 기록은 1890년이라는 시대적 배경을 떠올리면 더욱 의미가 크다. 그가 쓴 『72일간의 세계 일주』는 넬리 블라이의 이름을 세계적으로 알린 경험과 책이 되었고 1892년 발표된 샬럿 퍼킨스 길먼의 「누런 벽지」와 함께 어떤 변화의 흐름에 힘을 보탰다. 특히 그가 통조림 공장이나 금속 공장의 소녀 노동자들의 작업환경과 현실을 알리는 기사를 꾸준히 쓴 일, 1차 세계대전 중 세르비아와 오스트리아 등 동유럽 전선을 여성 최초로 취재한 사실을 나는 좀 더 오래 기억하고 싶다. 아, 정작 넬리 블라이는 기자용 속기용 연필(보통 일반 연필보다 얇고 양쪽을 다 깎아 쓴다)을 주로 썼겠지?

넬리 블라이 에디션이 내 손에 들어왔을 때 어쩔 수 없이 사수를 떠올렸다. 어쩐지 그에게 꼭 한 자루를 칼로 깎아 주고 싶어졌다. 그러려면 연락을 해서 잘 지내요? 해야 하는데 나는 그가 잘 지내는지는 그리 궁금하지 않았다. 그건 그도 마찬가지일 것이다. 우리는 기억하고 싶지 않은 장소에서 기억될 리 없는 잡지를 만들면서 남이 쓸 연필을 무덤덤하게 깎은 공통의 기억을 갖고 있었다. 서로에게 그런 기억일 뿐인 사람들이 만나서 좋을 건 없다. 그래도 한 자루만, 어쩌면 그래서 한 자루를 깎아서 주고 싶었는지도 모르겠다.

(선배, 혹시 이 글 보면 제 인스타로 연락 좀 주세요. 깎아놓은 연필이 한 자루 있어요. 참, 선배가 말해준 넬리 블라이 얘기요, 〈웨스트 윙〉 시즌 2의 에피소드 5에서 영부인 애비 대사랑 겹쳐서 놀랐어요. 넬리 블라이가 정신병 환자들을 보는 시각을 바꾸는 데 기여했다는 내용부터 "역사적 인물에 대해 공부할 때마다 여성의 존재가 어떻게 지워지는지 확인하게 되죠"까지 완전 똑같던데?)

루이자 메이 올컷의 연필

— 욕망하라, 죄책감 없이

친구들과 나는 대체로 가난했다. 가난한 게 자랑이 아니라는 건 많은 사람이 동의하는 듯한데 그렇다고 창피한 일 역시 아니라는 점에는 아직 합의가 덜 된 듯했다. 우리는 '가난하다'고 말한 다음 우리를 보는 달라진 시선에 자주 당황했다. 시선만으로 그치는 사람은 드물어서 어떤 말은 상처가 되거나 마음에 꾹 눌린 자국을 남겼다. 가난과 관계하는 것들은 글로 표현이 잘 되지 않는다. 표현할수록 낮아지거나, 다른 문장과 만나면 거짓말이 되는 말들이 있는데 가난이 꼭 그렇다. '연필을 좋아한다'와 '가난하다'가 만나면 연필이 초라해지거나 가난이 거짓말이 된다. 분명한 건 내 가난한 친구들만큼 인심이 후한 이들이 잘 없다는 건데, "그래서 우리가 가난한 거야"라는 농담이 곧잘 진실이 되는 이유였다.

연필을 좋아하고 가난한 나에게 B가 재난지원금으로 연필을 사주면서 말했다.

"국가가 네게 하사한 연필이다. 국보급 글을 써내도록 하라."

"이 연필의 국적은 체코슬로바키아입니다만?"

"아, 그래?"

"국가는 빼고, 가난한 여성 작가가 친구를 위해

지원금 쪼개 산 걸로 하자. 그게 서사가 낫다."

"싫어. 짠하고 눈물 나."

"그러라고. 재난지원금은 짠하고 눈물 나게 써야지."

여러 의미에서 낮고 가난하고 모자란 이의 욕망에 세상은 호의적이지 않고, 그걸 잘 알고 있는 사람들끼리 하겐다즈나 연필이나 새 양말 같은 걸 소곤소곤 사고 싶다 사줄까 하다가, 서로 짠하고 눈물 나는 순간이 몇 번 지나갔다. 루이자 메이 올컷의 『작은 아씨들』 도입부가 떠오르는 순간들이었다.

"가난한 거 정말 지겹다고 메그가 한숨을 쉬잖아. 기억나? 네 자매가 선물도 없는 크리스마스를 불평하면서 각자 원하는 걸 말하는데 조는 독일 작가 프리드리히 데 라 모테 푸케(Friedrich de la Motte Fouque)의 『운디네(Undine)』와 『진트람(Sintram)』을 갖고 싶다고 해. 그때 미국에서 막 출간된 것 같더라. 베스는 새로 나온 악보를 살 생각이었다고 작게 말하고, 막내 에이미는…."

"아, 난 에이미 싫어."

"나도. 조의 원고를 태워버리잖아!"

"와, 나 정말 그때 조한테 완전 이입. 에이미 진짜 미웠다."

"에이미는, 무려 연필이, 필요하다고, 말한다고. 얘들아?"

친구들은 내 말을 분명히 듣고서도 못 들은 척했다. 나는 이해했다. 에이미는 내게도 좀 난감한 캐릭터였다. 살다가 적지 않은 표본 수가 생겨서 그게 설사 편견이라고 해도 완전히 무시할 순 없는 카테고리가 있지 않은가. 그렇게 믿음직한 편견으로 자리한 것 중 하나가, 욕심이 분명하고 그걸 표현하는 데 거침이 없는 막내들과 나는 도무지 친해질 수 없다는 거였다. 친구들 대부분이 장녀인 상황에서 이 편견은 내 빨강머리 앤 거부증보다는 지지를 받고 있다(빨강머리 앤의 자의식 과잉과 발화 방식 때문에 가끔 앤 포비아가 작동한다).

에이미는 그 편견이 밀어내는 캐릭터여서 처음 원작 소설을 읽은 후로 꾸준히 별로였는데, 그레타 거윅이 연출한 리메이크 영화를 보고 나서 감정에 변화가 생겼다. 그사이 나나 인접하는 세계가 달라진 건지도 몰랐다. 여전히 호감형은 아니었지만 나는 어느덧 에이미의 욕망을 이해하고 있었다.

"파버 드로잉 연필을 갖고 싶어. 나 진짜 그거 필요하다고!"

소설의 도입부에서 단호하게 말하는 에이미가, 하지만 가난한 에이미가 원하는 그 연필을 내가 줄 수만 있다면 그러고 싶었다.

그게 어떤 마음인지 설명하긴 어려웠다. B가 재난지원금으로 내게 연필을 사준 그런 마음이라기에는 나는 여전히 에이미와 친구가 될 수 있을 것 같진 않았다. 이상하다고 해도 어쩔 수 없이 무언가가 꼭 필요하다고 말하는 여성에게 그 꼭 필요한 걸 주고 싶은 마음은 늘 미지근하게 있었다. 듣고 있던 친구들이 나이를 먹어서가 아닐까 했다. 그 여성이 우리보다 어리다면 그 미지근함이 이젠 뜨거워지는 것 같다고.

에이미가 단호하게 욕망했던 1860년대 A. W. 파버 드로잉 연필 세트(A. W. Faber drawing pencil set)는 현재 이베이에서 300만 원을 훌쩍 넘는 경매가로 거래되고 있다. 그나마도 희귀해서 나도 근 몇 년간 사진으로 서너 번 본 게 전부였다. 드로잉에 적합한 경도(HH~BBB) 일곱 자루가 멋스러운 박스 세트로 이루어져 있는데 나는 어쩌다 세트 중 H 경도 딱 한 자루를 가지고 있다. 당시에는 '2B' 대신 'BB'처럼 숫자를 대신해 알파벳을 여러 번 써서 경도를 표기했다는, 중요한 사료이기도 한 그 연필을 보고 있으면 이상한 기분이 들었다. 그 연필 세트가 세상에 나온 건 1837년이었고 기록에 의하면 20세기 초까지 생산되었다. 파버 드로잉 연필의 탄생과 소멸 그 중간쯤이 될 1868년 소설 속 에이미가 원하던 연필을 내가 가지고 있다는 것. 먼 시공간에서 빌려온 듯한 연필 한 자루의 용도는 간단하고 아름다웠다. 우리는 그리고 그리워할 수 있었다. 쓰고 쓰라릴 수도 있었다. 갖고 싶은 연필을 포기한다는 건 그 모든 순간의 가능성을 포기한다는 말일 텐데. 왜 아직 시간 여행이 불가능한 걸까. 1868년 에이미 손에 이 연필 좀요!

그리는 연필은 손과 만나는 감각이, 쓰는 연필의 그것과는 다르다. 에이미는 그리는 여성이었으니까, 연필을 쥐는 방법도 달라서 사용하는 손 근육도 달랐을 것이다. 달라서 두근거리는 일이 연필에 관해서는 종종 있다. 같은 연필의 다른 경도를 구했을 때, 시대별로 각인과 디자인이 다른 동명의 연필을 발견했을 때, 늘 쓰던 연필을 그리는 연필로 다시 쥐었을 때. 그 '다름의 두근거림'을 얻고자 연필 애호가들이 시도하는 (비연필애호가들이 볼 때) 괴이한 짓이 나는 귀엽다. 연필심에 함유된 왁스와 물의 비

율을 바꾸려고 라이터 불로 심을 태워본다거나, 필기 마찰음과 책받침 유무의 관계를 고찰하려고 책받침을 대고 빼고를 반복하거나, 칼을 이용할 때와 연필깎이를 쓸 때 연필의 나무향이 어떻게 달라지는지를 주의 깊게 킁킁거리는 건 사실 비교적 무난하고 평범한 일에 속한다. 좋아하는 것들의 사소한 차이를 즐거움으로 경험해본 이들이 갖는 유연함이 이런 시도들의 중요한 동력이 된다. 달라서 즐거운 경험이 누구에게나 주어지는 건 아니다. 달라도 안전하다는 인식과 함께 그런 경험을 제공하는 양육자를 만나는 방법이 있는데 그건 운이 필요한 일이다.

그런 면에서 작가 루이자 메이 올컷의 아버지 에이머스 브론슨 올컷을 어떻게 묘사해야 할지 모르겠다. 그는 지금으로 치면 자기 세계관대로 살자고 가족들을 다 끌고 산골로 들어가 검소함과 절제를 명분으로 궁핍하게 살게 한 자연인 아버지였다. 인간 감각을 넘어서는 초월적 세계의 존재를 전제하고 자연을 곧 신의 뜻과 섭리의 구현이라 믿었던 초월주의(Transcendentalism)의 대표자 격인 랄프 왈도 에머슨, 헨리 데이비드 소로와 절친했던 루이자의 아버지는 딸들에게 절제와 순종, 자연의 섭리를 최우선으로 가르쳤다.

1830~40년대 산업혁명과 근대국가 형성 전환기에 미국 역사에서 초월주의가 갖는 긍정적인 영향이 없진 않겠지만, 『작은 아씨들』처럼 실제로 네 자매였던 자식들을 한 명씩 방 안에 사과 한 알과 두고 욕구를 억제하는 교육을 시켰다는 일화에는 좀 질렸다. 루이자의 언니는 아버지 말을 잘 듣고 끝까지 사과를 먹지 않았고, 루이자는 금기를 박살 내겠다는 기세로 먹어치웠다는 부분에서는 박수를 쳤고.

이상주의적 관념론에 빠진 아버지가 집안 경제 상황을 나 몰라라 하는 동안 루이자는 식구들의 생계를 책임지느라 전력을 다해 글을 썼다. 십대에 A. M. 버나드라는 필명으로 쓴 소설로 원고료를 받았고, 『작은 아씨들』의 에이미에 투영된 막냇동생이 유럽에서 그림 공부를 할 수 있도록 줄곧 지원을 아끼지 않았다(하지만 루이자 자신이 투영된 소설 속 조가 얼마나 유럽에 가고 싶어 했는지를 생각하면, 흑). 자매들이 자기보다 일찍 세상을 떠난 후에는 남은 조카들을 책임지며 평생 비혼으로 살았다. 루이자의 자전적 이야기는 그의 작품에서 여성이, 딸들이, 부인이 강하게 욕구를 표현하거나 뚜렷한 의지로 선택하는 장면을 다시 천천히 읽어보도록 격려했다. 에이미가 "나 진짜 그거 필요하다고!" 할 때 나는 무언가 필요하다는 말을 저런 식으로 해본 적이 없다는 걸 알았다. 미리 허락되지 않은 건 나서서 구하면 안 된다는 듯이, 뭐든 강렬하게 구하고 원하면 부끄러운 일이 된다는 듯이 그냥 꾹 참다가 어쩐지 속상해서 눈물이 맺히는 바람에 고개를 푹 숙이고 걸었던 시간이 천천히 떠올랐다.

눈치가 빤했던 그 시간에 내가 바랐던 게 무엇이었는지 하나도 기억나지 않는다. 슬픈 건 그런 거다. 소유하지 못해서가 아니라 소유할 수 없음을 알고 원했던 기억조차 지워버리는 일 같은 거 말이다. 갖지 못해도 "나 이거 필요해!" 할 수 있었다면 기억에는 남지 않았을까. 그 기억이 내가 진짜 뭘 원하는 사람인지 추적하는 단서가 되어줬을 텐데. "내 열쇠는 이거야" 하고 연필을 흔들어 보이던 에이미처럼. 나는 내 열쇠가 수면 위로 떠오르지 않도록 밑으로 밑으로 보냈다. 대체로 가난한 나의 친구들이 경험한 억압의 양상은 비슷했지만 모두 달랐다. 그 다름 덕분에 우리는 다행히 아무도 비난하지 않으면서 실패와 가난, 과잉과 불안을 표현할 수 있다. 너는 그랬구나. 가만히 귀 기울이며 그렇게. 유연한 자존감과 세심한 감각은 가난과 잘 어울리지 않는다고들 하지만 어떤 기이한 임무처럼 친구들은 그것들을 해낸다. 가난이 자랑은 아니지만 부끄럽지도 않으니까.

모처럼 연필을 칼로 깎아 연필밥을 만들고 있는데 B가 물었다.

"지우개도 사줄까?"

"글은 쓰는 것보다 지우는 게 중요합니다 같은 드립은 안 친다고 약속하면."

B가 입을 삐죽대는 걸 보니 분명 그 드립을 준비하고 있었던 것 같다.

시간 여행이 가능해지면 나를 꼭 1865년 어느 하루, 매사추세츠에 있는 오차드 하우스(Orchard House)로 보내주면 좋겠다. 루이자의 막냇동생에게 내가 한 자루 가지고 있는 드로잉 연필을 전해주고 올 수 있도록. 루이자는 에이미가 그 연필을 갖게 된 것으로 작품을 수정할 것이다. 그들에게 꼭 말하고 와야지. 앞으로도 갖고 싶은 건 갖고 싶다고 써서 남겨줘요. 그래야 다음 여성들이 그걸 욕망해도 된다는 걸 알게 돼요. 이건 나와 친구들에게도 하는 말. 그래서 쓴다. 가난한 우리는 유연한 자존감과 세심한 감각, 실패해도 안전한 경험을 갖고 싶다.

부록

— 슬기로운 연필생활

연필은 아이들이 눌러 쓰지 않아도 되는 2B연필을 사용하게 합니다. 보통 사용하는 연필은 HB라고 표시된 연필인데, H는 'hard'의 첫 자를 따서 단단한 정도를 나타내고, B는 'black'의 첫 자를 따서 진한 정도를 나타냅니다. 따라서 HB는 단단하고 진하기가 중간인 정도를 나타내는 것이지요. 그러나 아이들은 연필을 쥐는 힘과 누르는 힘이 약하기 때문에 HB연필보다는 B연필 또는 2B연필을 주로 사용합니다. 1학년 때는 약간 무르고 진한 연필을 사용하면서 글씨 쓰는 자세와 방법을 익히는 것이 좋습니다.

- 이현진, 『초등 1학년 365일』(예담Friend)

우리가 알아야 할 연필에 관한 기초 지식은 초등학교에서 다 배웠다. 기억이 안 날 뿐이지. 처음 글자를 배우고 익히면서 즐겨 쓴 연필의 이름과 이유가 있었다. 기억이 안 날 뿐이지. 괜찮다. 이런 외국 속담이 전해지는 이유가 있을 것이다. "몽당연필이 뛰어난 기억력보다 낫다(A dull pencil is better than the sharpest memory)."

연필의 구조: 일월화수목금토

연필은 이 세계의 주요 원소로 구성된다. 태양(日)은 나무(木)를 키우고, 달(月)은 흑연을 살찌운다. 연필심은 흑연에 점토(土)와 수분(水), 왁스로 반죽해 일정한 모양을 잡아 낮은 온도부터 약 1,000℃까지 서서히 온도를 높여 굽는다(火). 수분을 제거하고 온도를 낮췄다 높이는 과정을 8시간 동안 반복해서 완성한 연필심을 샌드위치를 만드는 방식으로 두 나무판 사이의 홈에 넣고 연필 모양으로 자른다. 연필에 금속 페룰(金)을 부착하고 지우개를 꽂는다. 페인트칠과 각인 과정을 생략하긴 했지만 연필을 구성하는 대강의 요소들은 이렇다. 연필의 매력은 이 모든 요소가 더없이 단순하고 완벽한 구조를 이루며 상생하고 있다는 데 있다. 한 번쯤은 들어본 얘기일 것이다. 기억이 안 날 뿐이지.

나에게 맞는 연필 고르기

구매한 책을 다 읽는 게 아닌 것처럼 연필도 마찬가지이다. 수집가와 사용자가 반드시 일치하진 않는다. 그저 보고 있는 것만으로 배부른 연필이 있고(그럴 리가), 소장하고 있어서 뿌듯해지는 연필도 있기 마련이다(이건 사실이다). 어떤 수준 이상으로 가면 결국 취향의 문제가 되는 건 연필도 마찬가지라서 여기서는 수집가보다는 연필을 주로 쓰는 사람, 혹은 쓸 사람을 대상으로 부족한 경험을 나눠볼까 한다.

① 손 크기

연필을 쥐었을 때 엄지와 검지 사이에 연필이 닿는 부분을 '연필홀'이라고 한다. 이곳의 면적과 모양은 사람마다 달라서 자신에게 편한 두께와 길이의 연필을 찾아봐야 한다. 손이 큰 사람은 평균보다 긴 지름의 점보 연필이 더 편할 수 있다. 손이 크면 남들보다 연필의 몽당함을 빨리 느껴서 연필깍지(익스텐더)를 끼우는 시점도 다르다. 나처럼 손이 작은 사람은 새 연필을 손 큰 사람에게 맡겨 연필 길이가 약 14cm가 되었을 때 돌려받아 이어 쓰면 나도 좋고 너도 좋…은지는 모르겠다.

● 손이 크나 작으나, 추천 연필

스테들러 노리스 에코소프트 삼각연필(Staedtler

Noris Ergosoft Triangle pencil)

파버 카스텔 9000 점보 HB(Faber-Castell 9000 Jumbo HB)

딕슨 타이콘데로가 비기너 HB(Dixon Ticonderoga Beginners HB)

② 악력

연필 선택에 물리적으로 가장 큰 영향을 주는 요소다. 나도 F나 H 정도의 깔끔하고 얇은 선으로 하는 필기를 선호하지만 내 악력으로는 그 경도의 연필로 오래 쓸 수가 없다. 내 악력에 맞는 연필은 B나 2B 정도다. 연필 사용에 있어서도 이상과 현실은 타협을 요구한다. 브랜드에 따라 같은 경도라도 진하기가 다른데, 일본 연필은 브랜드를 막론하고 대체로 진한 편이고, 스테들러와 파버는 연한 편이다. 유의미한 표본 수는 아니지만, 일본 연필은 여성들이 조금 더 선호하고, 스테들러와 파버는 남성 애호가가 더 많은 듯하다. 이는 젠더 취향보다는 악력 차이의 영향일 가능성이 높다. 여러모로 악력이 센 사람이 수집과 실제 사용에 유리하다. 빈티지 연필도 2H 이상의 고경도 구하기가 훨씬 수월하다. 오늘부터 악력을 길러볼까?(연필 들고 잼잼)

● 악력 강 모여, 추천 연필

요트 드로잉 연필 8000 H/2H(Yacht drawing 8000 H/2H)

아메리칸 펜슬 컴퍼니 비너스 드로잉 연필 H (American Pencil co. VENUS drawing pencil H)

● 악력 약 모여, 추천 연필

에버하르트 파버 몽골 482 No. 1(Eberhard Faber Mongol 482, No. 1)

팔로미노 프리미엄 그래파이트 이레이저 오렌지/블루(Palomino Premium Graphite Pencils With Eraser Orange/Blue)

③ 디자인

세상에는 상상 이상으로 엄청나게 다양한 연필들이 있다. 연린이(연필+어린이: 연필 세계 입문자를 뜻한다)들은 직접 써보고 다른 연필들과 비교해가며 자기에게 맞는 연필을 찾느라 정신없이 사고 신나서 쓴다. 커뮤니티 활동도 열심이다. 그러다 이런저런 이유로 정체기가 수순처럼 찾아온다. 이 시기는 다른 감각을 충족시켜주는 연필에 몰두하는 것으로 통과하면 좋다. 그동안 브랜드나 필기감 위주로 썼다면 내 눈에 예쁜 연필로 방향을 틀자. 이베이와 일본 옥션과 오프라인 문구점과 연필 가게를 들락거리다 보면 어느새 연필 디자인을 보는 당신의 안목은 한껏 달라져 있을 것이다. 디자인은 중요하다. 필기감이 좋은 연필도 디자인이 마음에 들지 않으면 자주 쓰지 않게 된다. 다시 말하지만 연필의 세계는 무궁무진하다. 좀 더 까다로워져도 괜찮다. 문턱을 높여도 쓸 수 있는 연필은 많다.

● 야, 이쁘면 다야, 추천 연필

미츠비시 유니 프렌치 시리즈(Mitsubishi Uni French Series)

톰보우 모노 100 스페셜 에디션(Tombow Mono 100 special edition)

조셉 딕슨 테이퍼드 펜슬(Joseph Dixon Tapered pencil)

④ 필기감

전적으로 취향이 작용하는 부분이다. 천연 흑연의 부드러움을 선호하는 사람들은 빈티지 리스트를 포기하기 힘들다. 버터 같은 부드러움이나 점토 대신 폴리머를 섞어 만든 실크 느낌의 부드러움 등 그 종류도 적절한 표현을 찾기 어려울 만큼 다양하다. 흑연은 별 차이가 없는데 점토의 질이 좋은 연필은 필기감이 독특하다. 사각거리면서도 부드럽고 종이의 저항도 느껴지지 않는다. 부드럽기만 한 연필을 쓸 때보다 손으로 전해지는 감각이 재밌다. 빽빽한 저항감이 큰 연필을 선호하는 사람들도 있다. 취향은 경험과 감각, 시간의 산물이다. 지독하게 계급적이기도 하다. 서로의 취향은 나누고, 연필은 감상하듯 쓰다 보면 타인의 취향이 내 즐거움이 되기도 한다. 평가와 줄 세우기로 굳이 일찍 즐거움을 잃는 바보짓은 하지 말자.

● 취향 저격 필기감, 추천 연필

펜텔 크래프트 디자인 테크놀로지 17(Pentel Craft Design Technology 17)

아이비엠 일렉트로그래픽 마크 센싱 테스트 스코어링(IBM Electrographic Mark Sensing Test Scoring)

슈반 스타빌로 마이크로 8000 H(Schwan Stabilo micro 8000 H)

⑤ 최애 연필

바꿔 말하면 주력 연필을 정하는 거다. 글씨와 그림

을 혼합한 낙서를 버릇처럼 하고, 원고 초안은 연필로 쓰고, 가끔 취재와 인터뷰에서는 속기를 하는 나는 스테노(Stenograph: 속기) 연필을 자주, 많이 쓴다. 필기량이 많아도 손가락과 손목에 무리가 덜 가는 연필을 찾다가 그들에게 닿았다. 하나둘 쓰고 모으다 보니 지금은 단종된, 웬만한 연필 브랜드의 속기용 연필을 대부분 가지고 있다. 속기용이라고 명시되어 나오는 연필 외에도 그 용도로 쓰면 딱 좋은 연필들도 주력 연필이다. 주로 쓰는 연필 용도에 맞춰, 혹은 디자인적 요소나 필기감에 맞춰 최애 연필을 만들고 그 연필을 중심으로 가지치기하듯 비슷한 연필들을 수집하는 방식으로 주력 연필의 세계를 꾸려보면 어떨까. 덕질이 이렇게나 다채롭다 여러분!

● 네 최애 너나 좋지, 추천 연필

이글 쇼트핸드 270(Eagle Chemi-Sealed Shorthand 270)

콜린 3201-B(Colleen 3201-B)

블레이스델 스페셜 그레이드 칼큘레이터 600 (Blaisdell Special Grade Calculator 600)

⑥ 함께

혼자 있는 걸 세상 좋아하고, 연필 구매도 보안 등급 A1 요원처럼 단독으로 해치우는 나도 몇 개의 연필 커뮤니티에 가입해 연필을 교환하고 선물하고 아무 이유 없이 받기도 한다. 연필을 좋아하는 사람들과의 가끔 있는 교류는 즐겁다. 수집에는 크게 관심이 없고, 있어도 한두 자루면 충분하다고 생각하는 사람들이 커뮤니티 내에서 좋은 연필들을 선순환시키기도 한다. 연필 인심 좋은 커뮤니티에 가입해서 꾸준히 활동하는 것만으로도 자신에게 맞는 연필을 찾고 구입하는 데 큰 도움이 된다. 연필이 좋지, 사람이 좋은 건 아니라서 커뮤니티 활동에 부담을 느끼는 당신이라면, 연필 관련 정보를 얻는 정도로도 충분하다. 연필 때문에 마음에 안 드는 사람과 잘 지낸다면 그게 더 이상하다.

● 나눔 대만족, 추천 연필

파버 카스텔 스테노 9008 2B(Faber-Castell Steno 9008 2B): 단종되었지만 독일 아마존에서 쉽게 구할 수 있음.

톰보우·미츠비시 카키카타 2B(Tombow·Mitsubishi KAKIKATA 2B): 초등 입학생의 글씨 연습용 연필로 브랜드마다 매년 새로운 디자인 출시. 속기용 연필 대용으로 쓰기에도 좋음.

블랙윙 리미티드 에디션 최신 볼륨(Blackwing Limited Edition Recent Volume): 1년에 4번 새롭게 출시되는 에디션의 최신 버전은 직구해서 나눔하는 일이 잦음. 가장 최신 버전은 미국 수정헌법 19조 비준에 따른 여성참정권 실현 100주년을 기념한 보라색 vol. XIX임.

선호 경도 테스트

연필 애호가들끼리 편의상 진한 연필을 좋아하면 진심당, 연한 연필을 좋아하면 연심당이라 자기를 소개한다. 그 밖에 중도당, 잡심당, 이도저도 아닌당 등이 있다. 진심당이 다수라서 연심 애호가들을 위한 테스트를 준비했다.

다음 문장에 예/아니요로 답하세요.

	예	아니요
① 악력이 강한 편이다.	☐	☐
② 하루 평균 A4 2장 이상 필사한다.	☐	☐
③ 연필 디자인, 브랜드, 필기감보다 가격이 우선 고려 요인이다.	☐	☐
④ 지우개를 많이 쓴다.	☐	☐
⑤ 현행보다 빈티지를 더 선호한다.	☐	☐
⑥ 성격이 깔끔한 편이다.	☐	☐
⑦ 책받침을 즐겨 쓴다.	☐	☐
⑧ 연필심이 번지는 게 싫다.	☐	☐
⑨ 몽당연필 만들기가 쉽지 않다.	☐	☐
⑩ 글씨는 또박또박, 흘려 쓰는 일이 잘 없다.	☐	☐

'예'가 6개 이상이면 당신은 믿거나 말거나 연심당!
축하합니다. (뭘?)

당신의 연필 애호 지수

다음 문장에 예/아니요로 답하세요.

	예	아니요
① 연필 쓰는 것 자체가 좋아서 연필을 쓰려고 숙제나 일을 자발적으로 만들어 한 적이 있다.	☐	☐
② 좋아하는 연필을 만지작거리며 자기도 모르게 흐뭇하게 웃다가 나 왜 이래 민망해한 적이 있다.	☐	☐
③ 연필 얘기를 너무 하고 싶은데 그냥은 안 들어줄 것 같아서 친구들에게 연필을 선물하고 "이 연필은…" 하고 설명한 적이 있다.	☐	☐
④ 다 쓰지 못하고 죽을 만큼 연필이 많지만 유산으로 남기면 된다고 자기 합리화를 하며 또 산다.	☐	☐
⑤ 이베이 비딩에 참가해 손에 땀을 쥐는 접전 끝에 낙찰을 받고 새벽에 혼자 신나서 춤을 춘 적이 있다.	☐	☐

⑥ 아까워서 못 쓰던 연필을 이번엔 써야지
꺼냈다가 그대로 다시 넣어둔 적이 있다. □ □

⑦ 매주 연필을 산다. □ □

⑧ 연필이 다 똑같지 않나? 연필이 다 거기서
거기지, 라는 말에 그만 못 참고 화를 내서
관계에 위기가 온 적이 있다. □ □

⑨ 아무리 가까운 사이라도 선뜻 주기 아까운
연필이 있다. □ □

⑩ 인생 연필은 인생 맛집처럼 계속 경신되는
것. 그게 행복하다. □ □

'예'가 8개 이상: 당신은 연필에 진심이자 연심.

'예'가 6개 이상: 낮술보다 무서운 연술(연필마술)
에 걸린 당신 위험해.

'예'가 4개 이상: 아직 기회가 있어요. 도망쳐!

'예'가 3개 이하: 연필의 미래가 연린이 손에.

나를 만든 세계, 내가 만든 세계
'아무튼'은 나에게 기쁨이자 즐거움이 되는,
생각만 해도 좋은 한 가지를 담은 에세이 시리즈입니다.
위고, **제철소**, **코난북스**, 세 출판사가 함께 펴냅니다.

아무튼, 연필

초판 1쇄 2020년 10월 12일
초판 3쇄 2023년 1월 2일
지은이 김지승
펴낸이 김태형
펴낸곳 제철소
출판등록 제2014-000058호
전화 070-7717-1924
팩스 0303-3444-3469
제작 세걸음

right_season@naver.com
instagram.com/from.rightseason

ISBN 979-11-88343-35-5 02810